Oft denk' ich, sie sind nur ausgegangen!
Bald werden sie wieder nach Hause gelangen!
Der Tag ist schön! O sei nicht bang!
Sie machen nur einen weiten Gang.

Friedrich Rückert, Kindertodtenlieder, 1833/34

1. Kapitel | Überraschungsgäste

Frühsommer 2007

Die Natur spielte verrückt, auch die Menschen spielten verrückt in diesem Jahr.

Nur die Kinder und die Tiere schienen verlässlich und berechenbar zu bleiben, sich selber treu und unbestechlich.

Die bereits erblühten Knospen der Glyzinie und der Obstbäume waren in einer einzigen Nacht alle erfroren, gestorben.

Im Osten tobte ein neuer Krieg, einer von etwa 20 Kriegen, die in diesem Jahr laut Statistik irgendwo auf der Welt geführt wurden.

Die Meldungen, die Bilder: Anna Gontard wollte sie verbannen, den Kopf in den Sand stecken wie der sprichwörtliche Vogel Strauß. Auch ihr Mann Friedrich wehrte sich gegen die Flut der Schreckensmeldungen. Er ganz besonders, denn er hatte einen Krieg erlebt, als ganz junger Mann, und er war, fast noch ein Kind, zum Töten gezwungen worden. Je älter er wurde, desto plastischer schienen die vergessenen, verdrängten Bilder, die ihn quälten. Im Traum schreckte er oft hoch, rang nach Luft, und nur schwer konnte Anna ihn beruhigen. Alles nur ein Traum. Schlaf weiter. Wir leben hier mitten im Frieden.

Anna blätterte in einem Kunstband.

Kinder in der Kunst. Sie blieb an ihrem Lieblingsbild hängen: »Die Hülsenbeckschen Kinder«. Auch der Maler, Philipp Otto Runge, war einer ihrer liebsten Künstler.

Die Seele der Kinder hatte er wie kein anderer auf die Leinwand gebannt. Die Kinder waren in seiner Zeit, dem Biedermeier, als ernst zu nehmende Wesen erst richtig wahrgenommen worden. Das pausbäckige Kleinkind im roten Sternenkleid wird von den älteren Geschwistern, Bruder und Schwester, im Wägelchen gezogen, riesige Sonnenblumen ragen wie ein Baldachin über dem Kindchen, das ein Junge ist und gemäß seiner Epoche noch keine Hosen trägt. Der Begleittext gibt die Identität der drei Geschwister preis: Es sind Friedrich, Maria und August, die Kinder des Hamburger Kaufmanns Hülsenbeck, der mit dem Maler befreundet war.

Das Händchen des Kleinen im Wagen hält wie beiläufig ein Blatt der Sonnenblumen umklammert. Die große Schwester und der etwas jüngere Bruder scheinen dem Geschwisterchen Schutz und Halt zu geben.

Im Hintergrund das stattliche Anwesen der großbürgerlichen Familie und ganz in der Ferne die Silhouette der Stadt. Wie behütet die Kinder wirken, dachte Anna Gontard, und ihre Gedanken gingen zu anderen behüteten Kindern über: ihren Enkelkindern Fredi und Lotta, 7 und 4 Jahre alt.

Wenn es doch immer so bliebe, dachte Anna.

Während des Blätterns im Kunstband lief im Hintergrund die CD der *Kindertotenlieder* von Gustav Mahler, einer Vertonung der Gedichte Friedrich Rückerts, die dieser seinen beiden verstorbenen Kindern Ernst und Luise gewidmet hatte.

Bevor sich Anna, bewegt von der melancholischen Musikuntermalung, wieder sorgenvollen Gedanken zuwenden konnte, holte fröhliches Hundegebell sie in die Realität zurück und die ebenso fröhliche Stimme ihres Mannes hellte ihre Miene schlagartig auf.

Schluss mit den morbiden Grübeleien, dachte sie, und schon kam Hund Oscar hereingefegt, gefolgt von Friedrich Gontard.

Anna konnte gerade noch die Stopptaste des CD-Spielers drücken.

Die Ausgelassenheit des Hundes wehte jeden Gedanken an Traurigkeit, Krankheit und Tod mit einem Schlag weg.

Ach, dachte Anna, wie gut, dass uns Oscar vor zwei Jahren zugelaufen ist. Die beste Medizin für ihren Mann Friedrich, der nur schwer über den Verlust von Oscars Vorgänger Belami hinweggekommen war.

»Hallo«, rief Friedrich Gontard. »Schau mal, wen ich dir da mitgebracht habe.«

Bevor Anna sich versah, kam ein zweiter Hund dicht hinter Oscar ins Wohnzimmer gerannt, wich jedoch scheu zurück, als er Anna sah.

»Oh, noch ein Findelkind?«, rief Anna aus. »Dann sind wir ja auf dem besten Weg, ein Tierasyl aufzumachen.«

»Nein, ich hab noch zwei Überraschungsgäste dabei, und die sind keine Vierbeiner«, lachte Friedrich Gontard und drehte sich nach hinten um. »Bitte, kommen Sie doch herein.«

Mit diesen Worten geleitete er einen Mann und eine Frau ins sonnendurchflutete Wohnzimmer.

»Ihr kennt euch, und ich brauche euch nicht vorzustellen, denke ich.«

Die beiden Überraschungsgäste waren im gleichen Alter, etwa Mitte vierzig. Der Mann war sehr groß, dunkelhaarig mit leicht ergrauenden Schläfen, die Frau klein und sehr schlank, mit dem kurzgeschnittenen blonden Haar sportlich wirkend, zumal sie Sneakers trug und eine Kapuzenjacke mit Sportlogo über schwarzen Leggings.

»Kennen wir uns wirklich?«, fragte Anna ziemlich verunsichert und auch etwas peinlich berührt. Hätte sie die beiden erkennen müssen? Wurde sie allmählich vergesslich? Mit 66 Jahren fängt doch, wenn man dem Schlager glauben darf, das Leben an? Aber irgendwie zweifelte sie seit einiger Zeit an der Wahrheit dieser Aussage.

Einen kurzen Moment lang herrschte betretenes Schweigen. Der Hund, der nicht Oscar war, begann zu bellen, und die junge Frau rief energisch: »Romeo. Still! Sei brav!«

Woraufhin der Hund tatsächlich still wurde und sich brav hinsetzte.

War es der Hundename, war es die energische Stimme der jungen Frau? Jedenfalls hatte Annas Gedächtnis einen Schub bekommen, und sie rief erfreut aus:

»Susanne! Thomas! Nein, das ist doch nicht möglich! Ihr seid immer noch ein Paar? Wie zu Schülerzeiten? Aber wieso …?«

Sie schaute ihren Mann fragend an.

»So, nun setzen wir uns erst mal gemütlich hin«, schlug Friedrich Gontard vor, »und dann kommt die Erklärung.«

»Trinkt ihr einen Tee oder lieber Kaffee?«

»Bitte einen Tee«, sagte Susanne. »Wenn möglich einen englischen, das würde doch gut passen.«

»Einen englischen Tee haben wir immer im Haus«, lachte Anna. »Aber bevor Ihr einen Typhoo-Tee kriegt, möchte ich die Erklärung, weshalb Ihr hier aufkreuzt, nach etwa … 25 Jahren?«

»Ich setze schnell das Wasser auf«, sagte Friedrich Gontard. »Macht es euch inzwischen bequem.«

»Immer noch die gleichen Sessel und Stühle: Barock, Biedermeier, alles Einzelstücke, die uns so erstaunt haben, wenn wir auf unseren Kurstreffen bei Ihnen eingeladen waren, Frau Gontard!«

Es war Thomas, der das Wort nun zum ersten Mal ergriff. Er ist immer noch so still, so zurückhaltend wie damals, als er noch mein Schüler war, dachte Anna Gontard. Fast introvertiert, und zeitweise hatte sie ihn sogar für einen jungen Mann mit autistischen Zügen gehalten.

Für einen jener hochintelligenten Nerds, die es nicht gerade mit Sozialkontakten haben. Doch dann, im Englischleistungskurs der Jahrgangsstufe 12, hatte er sich in seine Kursnachbarin verliebt, die ihn aus seinem Schneckenhaus gelockt hatte mit ihrer erfrischenden Art. Susanne Sutter, die nun Susanne Lessing hieß.

Friedrich Gontard war aus der Küche zurückgekommen.

»Und nun die Erklärung«, sagte er. »Man weiß ja, dass man sich in unserm Dörfchen Hohenkirch nur begegnet, wenn man Hundebesitzer ist. Ein Straßendorf ohne ein einziges Geschäft außer einem Hofladen, da trifft man sich beim Spaziergang mit dem Vierbeiner oben im Wald.«

Man hörte das Wasser im Kessel blubbern, Friedrich Gontard

ging in die Küche, um den Tee aufzugießen, und Susanne Lessing übernahm das Wort mit der Fortsetzung der Geschichte.

»Wir waren auf der Bank am Wald oben gesessen, da kam Ihr Mann mit dem netten großen, schwarzweißen Hund, und unser scheuer Romeo hat ein wenig gezittert«, erklärte sie. »Er ist nämlich so eine arme Seele aus Rumänien oder der Ukraine, wir wissen es nicht genau, jedenfalls so ein Straßenhund, der Schlimmes erlebt hat, aber wir haben ihn schon ganz gut hingekriegt. Es hat dann auch nicht lange gedauert, da ist Romeo ganz ruhig geworden, und irgendwie haben die zwei einen Draht zueinander. Ich hab Romeo von der Leine genommen, und sie sind auf der Wiese herumgetollt wie Kinder.«

Friedrich Gontard kam mit einem riesigen Tablett zurück und stellte vier Becher, Zucker, Milch und die Teekanne auf den Tisch, servierte den Tee.

»Ach, wie lustig!«, rief Susanne Lessing aus und deutete auf den Becher, den Gontard seiner Frau hingestellt hatte. »Das ist ja genau der Becher, den wir Ihnen damals zu einem Kurstreffen als Geschenk mitgebracht haben. Ein tea-mug mit lauter Shakespeare-Zitaten drauf.«

»Ja, das ist mein erkorener Lieblingsbecher«, sagte Anna Gontard. »Und am besten gefällt mir der Spruch aus ›All's well that ends well‹. Ende gut, alles gut.«

Sie las vor: »The web of life is of a mingled yarn. Good and ill together.«

»Ja, Shakespeare hat das Leben gekannt wie kein anderer Dichter«, meinte Friedrich Gontard.

»Unser Leben ist tatsächlich ein bunt gemischtes Knäuel aus Gut und Böse. Schönem und weniger Schönem.«

»Man könnte denken, Sie wären auch im Englischunterricht bei Ihrer Frau gewesen«, sagte Thomas Lessing. »Eine gute Interpretation.«

Da musste Friedrich Gontard schmunzeln.

»Kurz und gut, liebe Anna, beim Plaudern an der Bank oben hat es sich herausgestellt, dass die Lessings mal deine Schüler waren, vor kurzem ein Haus in Hohenkirch gekauft haben und nun ab und zu mit ihrem Hund hier vorbeikommen.«

»Wir wollten immer schon mal klingeln bei Ihnen, Frau Gontard«, sagte Thomas Lessing, »aber ich hab meine Frau ausgebremst. Das kam mir zu aufdringlich vor.«

»Ach, wie schön zu sehen, wie wenig ihr euch verändert habt«, rief Anna. »Immer noch der zurückhaltende Thomas und die dynamische Susanne.«

Die Hunde Oscar und Romeo lagen die ganze Zeit über auf dem Teppich zu Füßen ihrer jeweiligen Bezugspersonen: Romeo bei Herrin Susanne, Oscar ganz dicht bei Friedrich Gontard.

»Der Name Romeo kommt nicht von ungefähr«, erklärte Susanne Lessing. »Wir haben damals bei Ihnen *Romeo und Julia* gelesen, und wer weiß, vielleicht hat uns das beeinflusst. Und vielleicht hat uns die Lektüre damals auch ineinander verliebt gemacht, Thomas und mich. Sie haben uns sozusagen zusammengebracht, Shakespeare und Sie.«

»Naja, das sehe ich realistischer, ihr beiden«, meinte Anna Gontard lakonisch. »Da waren doch die Hormone von euch beiden Teenagern damals eher im Spiel als die Poesie von Herrn Shakespeare oder meine pädagogischen Fähigkeiten. Aber trotzdem. Eine romantische Vorstellung.«

»Wir haben doch damals immer mit verteilten Rollen gelesen in Ihrem Unterricht, und ich las den Romeo, Susanne die Julia, wenn auch mit roten Köpfen. So war das damals noch«, erinnerte sich Thomas Lessing. »Wir wurden noch rot.«

Susanne Lessing streichelte gedankenverloren ihren Hund, der wie viele Straßenhunde dieses hellgelbe Fell hatte, das ein wenig struppig aussah, und der nur mittelgroß war. Der Gontardsche Hund Oscar wirkte daneben riesig mit seinem schwarzen dichten Fell, den weißen Pfoten, der weißen Schwanzspitze und der sternförmigen weißen Zeichnung auf der Brust. Ein Mischling aus Labrador, Schäferhund und anderen undefinierbaren Hunderassen.

»Was habt ihr eigentlich nach dem Abi damals so gemacht?«, wollte Anna wissen. »So weit ging meine Motivation wohl nicht, dass ihr Anglistik studiert habt?«

»Ich schon«, sagte Susanne Lessing. »Aber ich habe abgebrochen, als unser Kind geboren wurde.« Sie wurde plötzlich sehr ernst und verstummte.

Thomas Lessing ergriff die Hand seiner Frau und sprach an ihrer Stelle: »Der Kleine ist gestorben, als er ein halbes Jahr alt war. Unser Sternenkind. Der sogenannte plötzliche Kindstod.«

Es herrschte eine Weile Schweigen. Hund Romeo legte den Kopf auf den Schoß seiner Herrin, wie zum Trost, und sie strich ihm über den Kopf, lachte wieder.

»Thomas hat ja Maschinenbau studiert und bald promoviert, und ich hab mich zuhause wohl gefühlt, zumal dann unsere Cordelia auf die Welt kam, da war ich schon 35, und nun müssen wir uns beeilen, denn Cordelia wartet zuhause auf uns. Sie lernt für eine Mathearbeit, und sie braucht noch ein bisschen Hilfe.«

Fast enttäuscht hatte Anna die Information aufgenommen, dass Thomas Lessing nicht Anglistik oder Literaturwissenschaften studiert hatte, sondern solch ein nüchternes Fach wie Maschinenbau. War er nicht der Sensiblere von beiden gewesen? Sie hätte ihm eher Journalismus, Pädagogik, Kunstgeschichte zugetraut. Aber, so erinnerte sie sich, er war ein Allroundgenie gewesen, ein Überflieger, der sein Abi damals mit der Note 1,0 abgeschlossen hatte. Alle Türen hatten ihm offen gestanden.

»Cordelia heißt Ihr Töchterchen?«, freute sich Anna. »Ist ja schön.«

»Ja, noch eine Shakespeare-Gestalt. Wie die Tochter von König Lear. Der Name passt zu ihr. Sie ist ein sehr liebevolles Mädchen.«

»Das mit eurem ersten Kind, eurem Sternenkind, das tut mir sehr leid«, sagte Anna.

»Cordelia hat uns mit unserm Schicksal versöhnt«, antwortete Susanne Lessing. »Voll und ganz.«

Sie nahm Romeo an die Leine.

»Danke für den Tee.«

»Das war wie in alten Zeiten«, pflichtete Thomas Lessing ihr bei.

»Von nun an werden wir euch doch öfter sehen, hoffe ich. Die Hundespaziergänge werden das Ganze fördern. Und die Teestunde werden wir gerne wiederholen«, sagte Friedrich Gontard.

»Wir fanden es als Schüler immer spannend, dass unsere Lehrerin mit einem Kriminalkommissar verheiratet ist«, sagte Thomas Lessing.

»Ach, ich bin schon so lange pensioniert, und ich glaube auch, nun wird sich mir kein Verbrechen mehr in den Weg stellen. Jedenfalls hoffe ich es. Anna und ich sind ja nun Pensionäre und Großeltern, die ein beschauliches Leben führen. Alles hat seine Zeit.«

Anna bewegten ganz andere Gedanken. Sie misstraute den Worten ihres Mannes, dessen Leben auch nach der Verabschiedung von seiner Arbeit bei der Ludwigshafener Kripo alles andere als beschaulich geworden war.

»Oh, Sie sind Großeltern? Das haben Sie bestimmt der kleinen Lilli zu verdanken, die damals bei unseren Kurstreffen immer rumgewuselt ist und nicht ins Bett gehen wollte und von dem Dessert genascht hat, das Sie für uns gemacht haben, Frau Gontard?«

»Ja, Sherry Trifle, verbotenerweise mit Alkohol«, lachte Anna Gontard. »Und die kleine Lilli ist mittlerweile 34 Jahre alt, und sie wohnt mit ihrem Mann und den beiden Kindern in der Südpfalz.«

»Oh, in die Südpfalz fahren wir auch bald«, sagte Susanne Lessing. »Mit einer englischen Verwandten, die ›auf Spurensuche‹ gehen will, wie sie auf geheimnisvolle Weise am Telefon angedeutet hat. Tante Emily ist sehr dezent. Typisch englisch? Ich weiß nicht. Wir wissen nur, dass es sich um eine dunkle Familienangelegenheit handelt. Doch nun endgültig: Ade.«

»Es muss schlimm sein, ein Kind zu verlieren«, sagte Anna Gontard zu ihrem Mann, als die beiden Besucher gegangen waren.

»Das Schlimmste, das man sich denken kann, ja«, stimmte Friedrich Gontard ihr zu.

Später, kurz vorm Zubettgehen, kam Anna Gontard nochmal an dem Schränkchen vorbei, in dem sich der CD-Player befand. Die CD-Hülle der *Kindertotenlieder* lag noch obenauf.

Anna nahm in Gedanken das Beipackheftchen heraus und schlug es auf. Sie las: »Ab 1900 war Mahlers Liedschaffen von Texten Friedrich Rückerts bestimmt. Rückert hatte in den Jahren 1833/34 eine Sammlung von rund 400 *Kindertodtenliedern* (sic!) kurz nach dem Tod zweier seiner damals sechs Kinder verfasst. Daraus wählte Gustav Mahler fünf Texte zur Vertonung aus. Mahlers Frau Alma konnte damals nicht verstehen, weshalb er 1904, während seine beiden Kinder vergnügt im Garten spielten, seine *Kindertotenlieder* komponierte. Sie sagte: ›Ich kann es wohl begreifen, dass man so furchtbare Texte komponiert, wenn man keine Kinder hat oder wenn man Kinder verloren hat. Ich kann es aber nicht verstehen, dass man den Tod von Kindern besingen kann, wenn man sie eine halbe Stunde vorher, heiter und gesund, geherzt und geküsst hat.‹«

Anna bekam beim Lesen dieser Zeilen eine Gänsehaut. 1907 starb, wie sie wusste, die gemeinsame Tochter von Alma und Gustav Mahler, die kleine Maria-Anna, an Scharlach-Diphterie. Welch grausame Vorwegnahme dessen, was drei Jahre später geschehen sollte. Sie konnte Alma Mahlers Vorwurf an ihren Mann nachvollziehen. Aus der Sicht der Mutter und Großmutter, die sie war. Aber Künstler ticken völlig anders, dachte sie.

Im Rückblick auf den vergangenen Tag fiel ihr auf, dass das traurige Thema ihr gleich doppelt begegnet war.

In Mahlers Liedern und im Gespräch mit ihren ehemaligen Schülern Susanne und Thomas Lessing, welche die Erfahrung, ein Kind verloren zu haben, mit dem Dichter Friedrich Rückert und dem Komponisten Gustav Mahler teilten.

Sie steckte das Beipackheft in die CD und legte diese ins weiße Schränkchen zurück.

Friedrich Gontards Gedanken bewegten sich unterdessen in eine andere Richtung.

Welch dunklem Familiengeheimnis war die englische Verwandte der Lessings auf der Spur?

Unwillkürlich fielen ihm die zahlreichen Fälle mit »dunklen Familiengeheimnissen« ein, die ihm während seiner Zeit als Kommissar und Chef der Ludwigshafener Kripo, und über die Pensionierung hinaus, untergekommen waren. Man konnte sie als eine Art wiederkehrendes Lebensmuster ansehen.

Er ging zum Korb, in dem sein Hund Oscar es sich gemütlich gemacht hatte, und er kraulte ihm das Fell zwischen den Ohren und vorne auf der Brust mit der sternförmigen weißen Zeichnung. Hier war das Hundefell besonders weich und fluffig.

Du hast es gut, mein Alter, dachte Friedrich Gontard.

Gefüttert werden, schlafen, ausgeführt werden, das macht dich glücklich. Manchmal möchte ich wirklich mit dir tauschen.

Und er schloss leise die Tür zum Wohnzimmer.

2. Kapitel | Das Zimmer der 1000 Kerzen

Die Kleine folgte dem Schein, der den dunklen Flur schwach erhellte. Sie tastete sich vorsichtig an der Tapete entlang, von der sie wusste, dass sie mit Vögeln, Elfen und Blumen bemalt war. Sie liebte diese Tapete, und als sie über sie hinwegstrich, fühlte sie die Struktur, samtig weich. Der helle Schein kam aus dem Raum, der eigentlich abgeschlossen war. Das ahnte die Kleine instinktiv.

Die Großen hatten ihr verboten, in die Nähe dieses geheimnisvollen Zimmers zu gehen. Die Stille war verführerisch. Die Großen saßen alle in der »guten Stube«, wie sie das geräumigste und feinste Zimmer im Haus nannten. Sie saßen da, schwarzgekleidet, vor ihren Kaffeetassen. Einige redeten, einige schwiegen, einige weinten, einige hatten rotumränderte Augen.

Die Kleine wusste nicht, weshalb die Großen weinten.

Sie tastete sich weiter mit ihren kleinen Händen, sie spürte die Schwanzfeder des Pfaus, ihres Lieblingsvogels auf der Tapete, dann die samtige Knospe der Mohnblume, ihrer Lieblingsblume. Das Köpfchen der Elfe mit dem Glockenblumenhut, die gerippten Elfenflügel.

Die Kleine hörte Stimmen, hielt erschrocken inne, hielt für einen Moment den Atem an, doch die Stimmen entfernten sich hin zur »guten Stube«, wo die Großen saßen, redeten, schwiegen und weinten.

Die Kleine fasste neuen Mut und erreichte nun die Tür, die zum verbotenen Zimmer führte und die seltsamerweise nicht verschlossen, sondern einen Spalt breit geöffnet war und Licht in den dunklen Hausflur brachte.

Die Kleine machte sich noch schmaler, als sie eh schon war, und betrat vorsichtig den Raum. Sie glaubte, ein Wunder zu erleben.

1000 Kerzen, so schien es ihr, erhellten das verbotene Zimmer. Sie standen in goldenen Kandelabern und blendeten das Kind, das staunend die Augen aufriss angesichts dieser unglaublichen Helligkeit.

Der verbotene Raum schien leer, und die Kleine fragte sich, weshalb es verboten war, einen leeren Raum zu betreten. Da stieß ihr Fuß an etwas Festes, sie erschrak und fühlte einen hölzernen Widerstand, auch einen Duft nahm sie wahr, den sie erkannte. So rochen die Rosen im Garten der Großmutter. Die Großmutter hatte sie nun seit ein paar Tagen nicht mehr gesehen. Die Großen sagten, sie sei sehr krank, und die Großmutter konnte vorläufig nicht mit ihr spielen oder ihr aus dem Märchenbuch vorlesen. An dem hölzernen Gegenstand war ein Stoff angebracht, das fühlten die tastenden Hände des Kindes. Das ist ein Bett, dachte die Kleine, aber wer liegt darin? Als sich ihre Augen an die gleißende Helligkeit der 1000 Kerzen gewöhnt hatten, nahm sie eine Gestalt wahr, die in dem Bett lag. Das wächserne Gesicht mit dem friedlichen, freundlichen Ausdruck und den geschlossenen Augen erschien der Kleinen wie ein Puppengesicht, doch da war nichts Kindliches. Die Frau, die in dem Bett lag, hatte die Hände über der Brust gekreuzt, als wolle sie sich vor etwas schützen.

»Großmutter?«, fragte die Kleine zögerlich, aber da kam keine Antwort.

Wie klein ihr Bett ist, dachte das Kind. Aber wenigstens ist sie zugedeckt und kann nicht frieren oder sich ängstigen.

Etwas in der Miene des stillen, stummen Gesichts sagte der Kleinen, dass Kälte und Kummer der Gestalt im viel zu engen Bett nichts mehr anhaben konnten.

Die Kleine wusste nun, dass die Geschichte im Märchenbuch von Jorinde und Joringel nicht zu Ende vorgelesen werden würde.

Niemals. Sie würde sich ein Ende erfinden, dachte die Kleine, ein sehr schönes und lustiges Ende. Und vielleicht würde sie die

Großmutter eines Tages irgendwo wiedersehen, und sie würde ihr das selbsterfundene Ende erzählen.

»Kind«, würde die Großmutter sagen und dabei lachen. »Kind, was hast du doch für eine große Fantasie. So war ich auch einmal, aber das ist schon sehr lange her, und irgendwann hat mich die Fantasie verlassen, und ich wurde wie die meisten Großen.«

Die Kleine betrachtete ohne Furcht das stille, friedliche Gesicht, das der Großmutter zu gehören schien und doch wieder nicht.

Gerne wäre das Kind noch hier geblieben bei der stillen alten Frau, aber Stimmen näherten sich dem verbotenen Raum. Aufgeregte Stimmen waren es, und man rief ihren Namen: »Anna, Anna, wo bist du?«

»Anna, antworte doch!«

»Mein Gott, die Tür zum Sterbezimmer steht ja offen!«

Eine ärgerliche Männerstimme brummte:

»Wer hat denn nur die Tür aufstehen lassen?«

»Das war bestimmt die Elfriede, der Trampel!«, antwortete eine Frau.

Polternde Schritte störten die Stille des verbotenen Raums.

»Mein Gott, sie ist hier, bei der Toten!«, rief jemand entsetzt.

Starke Arme hoben die Kleine empor, die strampelte und sich wehrte.

»Nein«, schrie das Kind. »Nein, lasst mich hierbleiben.«

Andere starke Arme legten sich um sie, liebevoll, und die Stimme eines älteren Mannes sagte ruhig:

»Anna, ich bin es, Friedrich. Du musst keine Angst haben. Es war nur ein böser Traum.«

Und er streichelte ihre Wangen, die nass waren von Tränen oder Schweiß oder beidem.

»Es war kein böser Traum«, antwortete Anna. »Es ist ja immer wieder der gleiche Traum, und ich weiß, dass ich ihn erlebt habe als Kind, denn die Eltern haben mir einmal davon erzählt, dass ich bei der Totenwache meiner Großmutter plötzlich weg war und sie mich dann im Sterbezimmer gefunden haben. Da war ich vielleicht vier, etwa so alt wie jetzt unsere Enkelin Lotta.«

»Ja, die Träume«, seufzte Friedrich Gontard. »Bei mir sind es die Kriegserlebnisse, die mich in meine Träume hinein verfolgen. Umso intensiver, je älter ich werde.«

»Und die Kindheit, ja, die lässt uns ja auch nie los im Guten und im Bösen. Aber lass uns versuchen, noch ein wenig zu schlafen«, sagte Anna. »Ich muss früh raus, denn morgen kommt Samira.«

Da war ihr Mann neben ihr schon eingeschlafen. Anna lag noch eine Weile grübelnd wach, sank dann aber in einen tiefen Schlaf und wurde vom schrillen Ton des Weckers in den neuen Tag geholt.

3. Kapitel | Samira

Der Tag begann mit strahlendem Sonnenschein, und Anna war trotz der unruhigen Nacht voller Energie. Samira würde bald kommen, wie jeden Montag, und gemeinsam würden sie sich im Haus zu schaffen machen. Samira war die Nachfolgerin von Rosa Brehm, der treuen Seele, die über viele Jahre Anna im Haushalt geholfen und während der eher seltenen Urlaubsreisen des Ehepaars Gontard auch die Tiere versorgt hatte: Hund Belami und Katerchen Heinz, die beiden schwarzen Haustiere.

Rosa Brehm war vor einem Jahr plötzlich erkrankt und ebenso plötzlich und unerwartet verstorben. Ein unentdeckter Herzfehler, hatte der Hausarzt diagnostiziert. Es war ein Schock für die Familie, aber auch für die Gontards, denn die Vitalität der fleißigen Frau war ein Phänomen gewesen. Sie hatte sich nie verzeihen können, wie sie immer wieder betonte, dass sie Hund Belami »auf dem Gewissen hatte«, der während des Frankreichurlaubs der Gontards vor drei Jahren ausgebüxt und auf der Dorfstraße überfahren worden war.

Ein kleines Auto fuhr brausend den Berg hoch. Typisch Samira, dachte Anna Gontard, immer dynamisch und temperamentvoll. Heute trug Samira ein Kopftuch, denn es war die zweite Ramadan-Woche. Sie würden auch heute keine Teepause einlegen, noch nicht einmal einen Kaugummi durfte Anna der tüchtigen Helferin anbieten.

Nichts essen, nichts trinken von 5 Uhr morgens bis 8 Uhr abends. So verlangte es die strenge Fastenregel.

»Nichts gefrühstückt heute?«, fragte Anna.

Samira schüttelte den Kopf.

»Natürlich nicht.«

»Ohne Frühstück würde ich tot umfallen«, sagte Friedrich Gontard, der gerade zur Tür hereinkam. Samira lachte nur. Sie hatte überhaupt viel Humor. Vor etwa sieben Jahren waren Samira Hussein und ihr Mann Ali aus Bagdad geflohen. Dass sie nicht mit Saddam Hussein verwandt waren, das betonte Samira von Anfang an. Hussein, ein häufiger Familienname sei das im Irak.

Samira sprach recht gut Deutsch, denn sie hatte gleich nach der Flucht einen Sprachkurs besucht und war wissbegierig.

»Heute gehe ich in den Garten, Samira«, sagte Anna. »Das Unkraut ruft nach mir.«

Samira lachte wieder.

»Und ich verschwinde in meiner Höhle unten und wurschtle in der Werkstatt«, sagte Friedrich Gontard. »Nach langer Zeit mal wieder ein alter Schrank, der nach mir ruft und restauriert werden möchte. Er ist noch älter und morscher als ich, nämlich so um die 250 Jahre alt, und der Holzwurm nagt.«

Samira schlug die Hände vors Gesicht und kriegte sich vor Lachen nicht mehr ein.

»Der Holzwurm nagt nicht an mir, sondern am Schrank. Edles Holz. Nussbaum«, sprach's und war schon im Keller verschwunden.

Samira holte die Putzutensilien zusammen und musste niesen. Leider hatte sie eine leichte Allergie gegen Hundehaare, und Oscar war gerade ins Zimmer gekommen. Irgendwie spürte er, dass er Samira nicht guttat, und er verdrückte sich jeden Montagmorgen. Die beiden mochten sich, aber dennoch gingen sie sich aus dem Weg.

»Komm zu mir in die Werkstatt«, rief Friedrich Gontard von unten.

»Vielleicht kannst du mir dabei helfen, den Holzwurm zu verjagen.«

Freudig wedelnd trottete Hund Oscar die Treppe hinab.

Samira tat nochmal einen kräftigen Nieser.

»Danke, Herr Gontard«, rief sie laut nach unten, aber die Werkstatttür war schon ins Schloss gefallen.

Von draußen hörte man schon Hackgeräusche. Anna war eifrig dabei, »dem Unkraut zu Leibe zu rücken«, wie sie es gerne nannte.

Da klingelte das Telefon im Flur.

Samira, die sich in der Nähe des Telefons befand, nahm den Hörer ab.

»Oh, hallo. Frau Lilli. Ja, ich rufe die Mama. Sie arbeitet im Garten.«

Anna Gontard wischte sich die Erdkrumen von der Hand und ging zum Telefon.

Es war Tochter Lilli, die dringend die Hilfe der Eltern brauchte. Die Kinder Fredi und Lotta waren für den morgigen Tag ohne Aufsicht, denn die Haushaltshilfe war erkrankt. Ehemann Fabrice hatte die nächsten Tage in Straßburg zu tun, und sie selbst war für drei Tage auf Klassenfahrt in Bernkastel an der Mosel.

»Am besten wäre es, wenn ihr schon heute anreisen könntet. Ist das möglich?«

Das kam alles etwas plötzlich, aber aus Lillis Stimme klang Nervosität. Die Großeltern wurden gebraucht.

»Naja, wir machen es möglich. Mein Unkraut wartet bestimmt auf mich, und Papas Holzwurm im Barockschrank auch.«

»Ihr seid wirklich zwei Schätze!«, rief Lilli erleichtert aus.

»Schön, dann kann ich noch in Ruhe für die Klassenfahrt packen und Vorbereitungen treffen. Heute hab ich ja meinen freien Tag zum Glück. Ab morgen geht es dann rund. Oscar nicht vergessen«, beeilte sie sich noch zu sagen.

»Die Kinder freuen sich schon auf ihn. Lasst euch aber Zeit. Ich bin ja noch da.«

»Bis dann«, schloss Anna das Gespräch.

Samira hatte mitbekommen, dass die Gontards nun überraschend in die Südpfalz fahren würden.

»Kein Problem«, sagte sie ruhig. »Ich mach das fertig.«

Sie zupfte ihr Kopftuch zurecht, das dunkelviolett war, passend zu ihrer Bluse mit dem hellblauen Blumenmuster und zur dunkelblauen Hose.

Mittlerweile war Friedrich Gontard aus seiner »Höhle« nach oben gekommen, denn er hatte das Telefonklingeln gehört.

Er schien irgendwie dankbar zu sein für die Unterbrechung seiner Schreinerarbeit.

»Ich bin nicht mehr so in Übung.« Es klang etwas frustriert. »Und Oscar war auch keine so große Hilfe.«

Oscar legte nach Hundeart den Kopf schief, als schäme er sich.

Schuldbewusst schaute er zu Friedrich Gontard hoch, der ihm den Kopf tätschelte.

»Schon gut, mein Alter«, sagte er. »Hast dir ja Mühe gegeben.«

Irgendwie schien der Hund durch den versöhnlichen Ton seines Herrchens beruhigt und legte sich seufzend vor ihn hin, woraufhin Samira in heftiges Niesen verfiel, das nicht aufhören wollte.

»Och, machen Sie doch früher mit der Arbeit Schluss, Samira«, sagte Anna. »So kräftig ist man doch bestimmt nicht, wenn man gerade fasten muss.«

»Man gewöhnt sich dran, und heute Abend darf ich ja was essen. Heute haben wir in der Moschee ein Fastenessen um 21 Uhr. Das ist immer schön.« Sie lachte. »Und man trifft nette Leute und hat was zu erzählen. Ich geh dann heute ein bisschen früher. Aber zuerst mach ich noch Bad und Küche und Hausflur.«

Sie huschte flink um die Ecke.

»Liebe Grüße an Frau Lilli und Herrn Fabrice und die Kinder!«, rief sie. Ein kräftiger Nieser folgte.

Hund Oscar schaute sich wieder schuldbewusst um.

Als die Gontards fertig gepackt hatten, sprang er freudig auf den Rücksitz im VW-Bus.

Ob er sich auf die Südpfalz freute? Immerhin war dort seine eigentliche Heimat, bevor die Gontards das herrenlose Findelkind in die Wahlheimat, den Odenwald entführt hatten.

Der VW-Bus setzte sich in Bewegung, und Anna schaute sich stirnrunzelnd nach dem Steingarten um, in dem das Unkraut üppig wucherte.

»Es gibt kein Unkraut, sondern nur Pflanzen, liebe Anna«, beruhigte Friedrich Gontard seine Frau.

Sie schwieg, wenig überzeugt. Sie freute sich nun vor allem auf die Enkelkinder.

4. Kapitel | Unverhofftes Treffen

Beim Überqueren der Rheinbrücke bei Speyer klopfte Annas Herz wie jedes Mal, wenn sie von ihrer rechtsrheinischen Wahlheimat ins Linksrheinische fuhr.

Meine Herzensheimat, die Pfalz, dachte sie, und Friedrich Gontard schaute sie von der Seite her leicht amüsiert an. Meine bekennende Pfälzerin, sagte sein Lächeln, und für nichts in der Welt hätte er seiner Frau diese Liebe zur Pfalz absprechen wollen.

Heimat ist, wo du Kind warst, aber er selbst konnte nie ein richtiges Heimatgefühl entwickeln, da er die Wohnorte wechselte, nachdem seine Mutter so früh verstorben und er bei Verwandten untergekommen war.

Friedrich Gontard stellte kurz das Radio an. Ein Meteorologe prophezeite jetzt schon, dass dieses Jahr 2007 in die Annalen eingehen würde als das heißeste Jahr aller Zeiten. Schon der Frühling habe alle Rekorde gebrochen. Tatsächlich hatte es im April schon Wärmegrade um die 30 Grad gegeben, und auch heute war es sommerlich warm, fast drückend.

»Da müssten die Leugner doch allmählich zur Vernunft kommen bei solchen Meldungen.«

Eine andere Nachricht erschreckte die Gontards aber nicht weniger. Bei einem Amoklauf an einer Uni in Virginia waren über 30 Studenten und Dozenten erschossen worden, bevor der Täter Suizid beging.

»Und auch die anderen Leugner müssten endlich mal zur Vernunft kommen«, sagte Friedrich Gontard, »die Republikaner und ihre Anhänger, die nach immer mehr Waffen rufen, um die sogenannte Sicherheit zu garantieren.«

»Ja, und nun sollen schon die Lehrer Schießprügel bekommen

und Waffenlehrgänge absolvieren, um ihre Schüler vor Amokläufern zu schützen. Wie absurd.«

Die nächste Nachricht passte auf makabre Weise zur vorherigen. Der amerikanische Schriftsteller Kurt Vonnegut, Jahrgang 1922, war gestorben.

»Ach schade«, rief Anna aus. »Er war so wichtig für die amerikanische Friedensbewegung. Wie oft hab ich *Slaughterhouse Five* mit meinen Schülern gelesen. Den Antikriegsroman. Die Hauptperson Billy Pilgrim hat alle berührt. Da blieb keiner ›cool‹.«

»Ein Soldat wider Willen wie ich, nur auf der anderen Seite«, sagte Friedrich Gontard. »Ach ja, meine Generation stirbt allmählich aus.«

»Aber noch leben wir«, sagte Anna energisch und machte das Radio aus. »Nichts mehr heute von all dem Schrecklichen in der Welt.«

Hund Oscar auf dem Rücksitz bellte, als wolle er zustimmen, aber er wurde auch allmählich unruhig. Anna reichte ihm einen Kauknochen nach hinten, und man hörte ein eifriges Nagen.

Die Gontards waren nun in Klingenmünster angekommen und fuhren am Augustinerkloster und am August-Becker-Denkmal vorbei.

»Der tut mir immer leid, der August Becker. Der Pfälzer Dichter, den die Pfälzer zu Lebzeiten ignoriert haben. Erst nach seinem Tod haben sie ihn geehrt«, sagte Anna, aber sie hielt sich nicht lange mit negativen Gedanken auf. »Guck mal, da vorne haben wir Oscar gefunden. Da ist er uns zugelaufen, am Café Rosinchen.«

Sie hielten kurz an, weil Anna in der Bäckerei noch schnell Kuchen kaufen wollte. Ein Mitbringsel fürs Kaffeetrinken.

Sie kam mit einem ziemlich großen Kuchenpaket zurück. »Die Pfälzer Kuchen haben mich angelacht, ich konnte nicht widerstehen.«

Oscar nagte indessen ungerührt an seinem Knochen.

»Er hat offenbar kein Heimatgefühl, unser Findelkind«, sagte Anna.

»Kein Wunder, bei uns hat er es ja auch wie im Schlaraffenland.«

»Und wie gut, dass er zu uns gekommen ist«, sagte Anna. »Deine Trauer um Belami war ja schon fast pathologisch.«

»›Gib dem Menschen einen Hund, und seine Seele wird gesund‹, das hat doch angeblich schon Hildegard von Bingen gesagt. Eine kluge Frau. Die Welt hätte vielleicht mehr auf kluge Frauen hören sollen all die Jahrhunderte. Das sage ich als Mann.«

Kurz vor dem Ortsausgang sagte Anna plötzlich: »Ich hab da zwei Stolpersteine bemerkt, als ich aus der Bäckerei rausgekommen bin. Ich hab mich kurz gebückt, um die Namen zu lesen. Das waren die Namen von zwei Brüdern, schon älter. Einer ist in Gurs gestorben, der andere in Auschwitz umgekommen. Die Vornamen hab ich mir nicht gemerkt, aber der Familienname war Levy.«

»Immer wieder traurig, diese Schicksale«, sagte Friedrich Gontard. »Aber gut, dass es diese Stolpersteine gibt.«

Anna nickte stumm.

Die Gontards waren in Niederzell angekommen. Die Glückskatze Susel mit ihrem schwarz-gelb-roten Fell lag auf der alten Mauer, welche das schöne Fachwerkhaus in der Mühlgasse umgab, und sie erschien den Gontards dicker als sonst. Sie schaute von oben auf die Besucher herab, und auch das Bellen von Hund Oscar, der aus dem Auto sprang und sich schwanzwedelnd unterhalb des Torpfostens mit dem Pinienzapfen hinsetzte, vermochte die träge Katze nicht aus der Ruhe zu bringen. Die beiden hatten in den letzten beiden Jahren nicht gerade Freundschaft geschlossen, aber sie tolerierten sich und widerlegten das Vorurteil von Hund und Katze als »Erbfeinde«.

Fredi und Lotta kamen vom Garten her gerannt und begrüßten Hund Oscar stürmisch, bevor sie auf Oma und Opa zugingen, die gerade ihr Gepäck aus dem Auto holten. Die Enkelkinder waren außer Rand und Band, wenn die Großeltern kamen, aber Hund

Oscar war die Hauptattraktion, wichtiger als alle Geschenke, zumal sie selbst keinen Hund haben konnten. Wie Samira, die Gontardsche Haushaltshilfe, so litt auch Schwiegersohn Fabrice unter einer Tierhaarallergie. Katze Susel war schon ein großes Zugeständnis an seine tierliebenden Kinder.

Lilli, die oben im Haus beschäftigt war, hatte nun auch die Ankunft ihrer Eltern bemerkt und begrüßte sie.

»Ihr zwei seid mein Rettungsanker, wirklich«, rief sie. »Marita Fischer ist ja eine Perle und mehr als zuverlässig, aber sie ist leider auch sehr anfällig für Infekte und für die nächsten Tage nicht arbeitsfähig. Wenn ich zurück bin, ist bald Wochenende, und …«

»… und wir haben unsere Schuldigkeit getan und können gehen?«, scherzte Friedrich Gontard.

»Nein, natürlich könnt ihr bleiben. Fabrice wird schon klarkommen und muss dann halt wieder seine Anti-Oscar-Pillen schlucken«, erwiderte Lilli und erblickte das riesige Kuchenpaket.

»Meine Güte, das reicht ja für drei Kaffeekränzchen! Aber nein, vielleicht auch nicht, denn unser Nachbar Gabriel Sutter hat vorhin angerufen. Er hat erfahren, dass ihr kommt, und er möchte dich wegen einer sehr dringenden Angelegenheit um Rat fragen, Papa«, sagte sie zu Friedrich Gontard gewandt.

»Einen Rat in Sachen Antiquitäten oder in Sachen Verbrechen? Beides meine Spezialgebiete. Ist der ehemalige Kripochef gefragt oder der Antiquitätenexperte?«

»Ich weiß es nicht«, antwortete Lilli. »Er hat nur gemeint, es sei eine Sache aus der Vergangenheit.«

»Das ist in der Tat eine ambivalente Aussage«, lachte Friedrich Gontard. »Das könnte beides sein: ein altes Verbrechen oder eine Antiquität.«

Er fügte hinzu: »Ich werde direkt neugierig. Wann kommt dein Nachbar denn?«

»So gegen 15 Uhr hat er gesagt.«

Gut, dass ich im Kuchenkaufrausch war vorhin in Klingenmünster, dachte Anna. Sie war nun auch neugierig auf den Nachbar geworden.

Punkt 15 Uhr schellte es an der Haustür.

Anna Gontard hatte schon den Kaffeetisch gerichtet und ein Extragedeck hinzugefügt.

Lilli stellte den Eltern den neuen Nachbar vor, der erst seit drei Monaten in Niederzell wohnte.

Gabriel Sutter war ein Mann, dessen Alter schwer zu schätzen war. Es gibt solch alterslose Menschen, die anscheinend nie jung gewesen waren, aber irgendwie auch nicht alt werden. Er mochte 45 Jahre alt sein, vielleicht auch 10 Jahre älter. Er war von kleiner, gedrungener Statur, hatte schütteres rotblondes Haar und einen rosigen Teint, fast wie ein Kind. Er wirkte ein wenig altväterlich, war auch recht gemächlich in seinen Bewegungen.

»Gabriel Sutter?«, sagte Anna in ihrer spontanen Art. »Der Name Sutter erinnert mich an eine ehemalige Schülerin. Der Name ist so selten im Odenwald, es ist eher ein Pfälzer Name, da erinnert man sich.«

»Ich habe eine Kusine im Odenwald«, sagte Gabriel Sutter. »Susanne. Das heißt, natürlich heißt sie heute anders. Sie ist verheiratet.«

»… und heißt jetzt Susanne Lessing?«, mutmaßte Anna Gontard. »Nein, ist es denn die Möglichkeit?«, rief sie aus, nachdem sie an der Reaktion des Nachbarn gemerkt hatte, dass sie richtig geraten hatte.

»Wie klein die Welt doch ist! Ein abgedroschener Spruch, aber wahr. Aber setzen Sie sich doch, lieber Herr Sutter.«

Der Mann musste sich förmlich erholen von seiner Überraschung, nahm aber Platz.

»Wir wohnen im selben Ort wie Ihre Kusine und ihr Mann. In Hohenkirch«, erklärte Anna Gontard. »Beide Lessings waren meine Schüler. Susanne und Thomas. Und sie waren erst vor kurzem bei uns.«

»Eine zufällige Hundebesitzer-Begegnung«, ergänzte Friedrich Gontard. »Wirklich ein Zufall oder so etwas Ähnliches. Angeblich gibt es ja keine Zufälle.«

»Jetzt trinken wir aber mal zuerst Kaffee und essen was«, schaltete sich nun Lilli ein, die bisher schweigend zugehört hatte.

Die Kinder Fredi und Lotta spielten mit Oscar im Garten. Man hörte Kinderlachen und freudiges Hundegebell.

Lilli hatte ihnen vorsorglich Kuchen und Limonade hinausgebracht, damit sie die Erwachsenen nicht störten. Besser: Damit sie sich nicht langweilten bei den Gesprächen der Erwachsenen.

»Nun aber zu Ihrem Anliegen, Herr Sutter«, unterbrach Friedrich Gontard den üblichen Smalltalk bei Kaffee und Kuchen.

Anna musste heimlich lachen, denn die Neugier ihres Mannes »in Sachen Vergangenheit« war ihr bestens bekannt, und die Anzeichen waren unverkennbar. Nach 40 Jahren Ehe kennt man die emotionalen Anzeichen des Partners, in diesem Fall war es nervöses Hüsteln, begleitet von dem völlig unmotivierten Streichen mit beiden Händen übers Tischtuch.

»Meine Tochter sprach von ›Sachen der Vergangenheit‹«, sagte Friedrich Gontard leicht hüstelnd. »Bin ich als Detektiv oder als Antiquitätenexperte gefragt?«

Gabriel Sutter räusperte sich, was wohl ebenfalls so eine Art Tick war, denn er wählte seine Worte sehr wohl gesetzt und fast ein wenig umständlich, was den Eindruck von Altväterlichkeit unterstrich. Er hatte eine sonore Stimme, gefärbt vom angenehmen Singsang des südpfälzischen Dialekts.

»Alla hopp! Nun möchte ich Sie nicht länger auf die Folter spannen, sehr geehrter Herr Gontard. ›In Sachen Vergangenheit‹ könnte sich sehr gut auf alte schöne Objekte beziehen, zumal ich mich selbst sehr dafür interessiere. Ich besitze auch einige rare Sammlerstücke und restauriere gelegentlich für Freunde und Bekannte antike Möbelstücke, so als Hobby sozusagen. Aber von Ihrer Tochter Lilli weiß ich, dass Sie ein ehemaliger Kripochef sind und sich demnach mit Sachen Vergangenheit auskennen. In diesem Fall mit Verbrechen, die in der Vergangenheit geschehen sind. Verbrechen, die nicht aufgeklärt wurden.«

Er hielt inne, räusperte sich.

»Kurz und gut. Ich befasse mich schon seit längerer Zeit, eigentlich schon seit ich Student war, mit den Verbrechen der Hitlerei, wie ich es nenne. Ich habe Geschichte studiert und Französisch, und ich bin Lehrer an einem Gymnasium. Nicht in Landau wie Ihre Tochter, sondern in Bad Bergzabern.«

Friedrich Gontard konnte seine Ungeduld kaum verbergen, zu lange schien ihm die Präambel zum Anliegen von Nachbar Gabriel Sutter.

Diesem war die Nervosität Gontards nicht entgangen, und er kam abrupt zum Kern seines Besuchs.

»Ich erforsche Familienschicksale der Hitlerzeit, ich engagiere mich für das Setzen von Stolpersteinen für ehemals jüdische Mitbürger, und ich habe deshalb auch schon hässliche Reaktionen von Leuten erfahren, die Gras über all das ›alte Zeug‹ wachsen lassen möchten, nach der Devise: Vorbei ist vorbei. Schnee von gestern. Aber von den zerstochenen Reifen meines Wagens und den anonymen Briefen will ich jetzt nicht reden.

Und nun komme ich zu meiner Kusine Susanne. Sie hat mich vor einiger Zeit angerufen und mir von einer englischen Verwandten erzählt, die als Zeitzeugin zweiten Grades etwas erforschen will. Emily Parker heißt die Dame, und sie will einem Verbrechen nachgehen, ja, so ist es.«

»Emily Parker!«, rief Anna dazwischen. »Ja, Susanne hat von einer Tante Emily gesprochen, die nach Hohenkirch kommen wolle und mit der sie in die Südpfalz fahren würden, wenn ich mich richtig erinnere.«

»Genau so ist es, und nun brauche ich Ihren Rat, Herr Gontard. Ich habe hier einen Brief bekommen. Es ist der Brief einer Zeitzeugin, die im Nachbarort wohnt, und ich habe diese Zeitzeugin schon öfter zu Rate gezogen, zum Beispiel wenn es um Informationen zu jüdischen Mitbürgern oder anderen Naziopfern ging. Emilie Kern aus Klingenmünster schreibt in diesem Brief, dass sie eine Freundin hatte, ein jüdisches Mädchen namens Leni, das versteckt worden war und verraten wurde. Und sie vermutet auch, dass sie den Verräter kennt, der vielleicht noch lebt, wie sie schreibt. Emilie Kern bittet mich um Mithilfe, diesen Täter zu überführen, doch ich fühle mich ehrlich gesagt nicht in der Lage, dies zu tun. Ich fühle mich überfordert. Darum meine Bitte: Würden Sie mir helfen, diesen Mann zu finden, auch nach all den Jahren? Sie sind ja auch ein Zeitzeuge, und ich weiß von Ihrer Tochter, dass Sie während Ihrer Laufbahn als Kripochef öfter Fälle bearbeitet und aufgeklärt haben, die mit der braunen Ära zu tun hatten.«

Friedrich und Anna sahen sich an.

Da tauchte doch wieder das Gontardsche Lebensmuster auf. Die Vergangenheit lässt dich nicht los, mein Alter, sagte Annas Blick.

»Bevor Sie antworten, lieber Herr Gontard, muss ich Ihnen noch einige Informationen geben. Ob Sie es glauben oder nicht: Meine Kusine Susanne und ich haben erst vor kurzem erfahren, dass es diese englische Verwandte mit jüdischen Wurzeln gibt. Ja, in unserer Familie wurde dieses Thema tabuisiert, es gab keine Fotos, keine Namen, keinerlei Andeutungen. Da habe ich jahrelang für andere Familien Nachforschungen erstellt, für meine eigene Familie aber nicht. Und ich weiß auch bis heute nicht mehr als das: Emily Parker ist 1953 geboren und ist jetzt 54 Jahre alt. Sie ist die Tochter von Elsa Grünewald. Diese Elsa Grünewald kam 1939 mit einem der letzten Kindertransporte nach England, wo viele jüdische Kinder und Jugendliche aufgenommen wurden. Elsa Grünewald war die Tochter von Heinrich und Gertrud Grünewald, die in Ludwigshafen lebten. Elsas jüngere Schwester hieß Leni. Aber Leni wurde nicht zum Kindertransport zugelassen, weil nur jeweils das älteste Kind einer Familie Anspruch auf ›Errettung‹ hatte. Elsa war 15 Jahre alt, Leni aber erst 10. Elsa nannte sich in England zunächst ›Greenwood‹, heiratete dann einen Engländer namens Harold Parker. Die beiden bekamen eine Tochter, nämlich ›unsere‹ Emily. Emily hat mit mir vor einiger Zeit Kontakt aufgenommen. Sie hatte vorher nichts gewusst von unserer Verwandtschaft, aber als ihre Mutter starb, fand sie im Nachlass Briefe und Dokumente, forschte nach und kam so auf meine Spur und die Spur meiner Kusine Susanne. Auch Susanne weiß also erst seit kurzer Zeit von der englischen Verwandten. Susanne und ich sind nun gespannt, wie alles weitergeht.«

Gabriel Sutter räusperte sich und nahm noch ein Stück von dem Käsekuchen, der wunderbar schmeckte.

Friedrich Gontard nutzte die Pause und spekulierte: »So. Und nun kommt Emilie Kern ins Spiel, oder? Die Zeitzeugin, die in Klingenmünster wohnt und von einem jüdischen Kind namens Leni weiß, das versteckt worden war und dann verraten wurde. Der Kreis schließt sich, und alles ergibt allmählich einen Sinn. Emily Parker möchte dem Geheimnis um ihre Tante Leni Grünewald nachgehen.«

»Besser gesagt einem Verbrechen, denn Leni ist in einem polnischen Vernichtungslager umgekommen, nachdem ihr Versteck verraten worden war«, sagte Gabriel Sutter.

»Spricht Ihre Verwandte eigentlich Deutsch?«, wollte Anna Gontard wissen.

»Sie ist sehr gebildet und schreibt und spricht recht gut Deutsch, wenn auch mit Akzent. Ich habe einmal mit ihr telefoniert. Sie ist Bibliothekarin geworden. Elsa hat ihre Tochter wohl zweisprachig erzogen, so gut es ging«, sagte Gabriel Sutter.

»Ich bin richtig neugierig geworden auf diese englische Verwandte«, gab Friedrich Gontard unverhohlen zu. »Aber auch auf die Zeitzeugin aus dem Nachbarort.«

»Das ist also eine klare Zusage, lieber Herr Gontard? Sie helfen mir bei der Ermittlung in Sachen Vergangenheit? In Sachen Leni Grünewald?«

Friedrich Gontard zögerte ein wenig, und Anna verzog ihren Mund zu einem kleinen ironischen Lächeln.

Er ziert sich wieder, sagte ihr Lächeln, dabei brennt er vor Neugierde und Jagdfieber, mein guter Alter.

»Nun ja, ich denke schon«, sagte Friedrich Gontard schließlich, und Gabriel Sutter schüttelte ihm erfreut beide Hände.

»Und vielleicht wird bald jemand zittern und Angst vor Enthüllungen haben hier in unserer friedlichen Südpfalz«, sagte Lilli, die, obwohl sie in Gedanken schon bei der bevorstehenden Klassenfahrt war, mit Interesse dem Gespräch gefolgt war.

Von draußen vernahm man immer noch fröhliches Kinderlachen und Hundegebell. Es wurde gespielt und getobt.

»Euer Oscar ist das allerbeste Spielzeug, das man sich denken kann«, lachte Lilli.

Tatsächlich lagen die Geschenke der Großeltern noch verpackt auf der Kommode. Anna Gontard hatte immer etwas in Reserve für die Kinder, sogar bei völlig ungeplanten Besuchen in Niederzell.

»Man sollte seinen Kindern ermöglichen, mit Tieren aufzuwachsen«, sagte Friedrich Gontard. Lilli, die in der Bemerkung ihres Vaters eine kleine Spitze gegen ihren Ehemann Fabrice sah, sah sich genötigt, diesen zu verteidigen.

»Fabrice hat nun mal diese blöde Allergie. Das ist nicht lustig. Wenn das nicht wäre, hätten wir schon längst einen Hund.«

Friedrich Gontard schwieg diplomatisch.

»Wann genau kommen denn eigentlich Thomas und Susanne Lessing mit ihrem englischen Gast?«, wollte Anna wissen.

»Schon morgen«, war die Antwort. »Und selbstverständlich sind auch Sie dann bei mir zum Kaffee eingeladen. Eine Retourkutsche sozusagen. Und unsere Zeitzeugin Emilie Kern wird dabei sein.«

»Schön, und wir bleiben in Niederzell, bis Lilli zurück ist von der Klassenfahrt«, sagte Anna Gontard.

Und bis das Rätsel um Leni Grünewald gelöst ist, fragte sich insgeheim Friedrich Gontard.

»Zum Glück ist es nur ein Dreitage-Aufenthalt im Landheim«, seufzte Lilli.

Ja, ich verstehe den Seufzer, dachte Anna Gontard. Es ist ein Seufzer der Erleichterung.

Fast vierzig Jahre Erfahrung als Pädagogin kann man nicht so einfach vom Tisch wischen. Da hatte es so manches Abenteuer gegeben, und man war oft froh gewesen, wenn man alle Kinder wieder heil bei den Eltern abliefern konnte. Und die heutigen Schüler sind wohl nicht gerade einfacher geworden. Doch Anna behielt diese Gedanken lieber für sich.

»Bis morgen, Herr Sutter.«

»Ja, bis morgen.«

»Ach, noch eins, Herr Sutter, bevor Sie weggehen«, sagte Anna. »Haben Sie die beiden Stolpersteine in Klingenmünster veranlasst? Ich hab sie gesehen, als ich in der Bäckerei den Kuchen gekauft hab.«

»Ja freilich. Das waren die beiden Brüder Alfred und Gustav Levy. Und Emilie Kern hat mich dabei kräftig unterstützt.«

Fredi und Lotta und Hund Oscar kamen mit Gebraus ins Zimmer gestürmt und machten ein Wettrennen um den Esszimmertisch, der noch nicht abgeräumt war. Die Großeltern Gontard hielten sich die Ohren zu, und Gabriel Sutter verließ fluchtartig das Haus.

5. Kapitel | Emily und Emilie

Es war beschlossen worden, dass die Gontards am frühen Nachmittag den Besuch bei Gabriel Sutter machen sollten. Er hatte an diesem Tag schon früher Schulschluss, weil eine seiner Klassen auf Studienfahrt war, und die Gäste kämen gegen 13 Uhr. Außerdem waren die Großeltern etwas entlastet bis etwa 16 Uhr, da Lotta im Kindergarten und Fredi nach der Schule bei einem Freund war, um mit ihm zusammen Hausaufgaben zu machen und dann zu spielen. So würden die Erwachsenen in Ruhe Gespräche führen können, ohne ständig in Habachtstellung zu sein. Die Verantwortung für die Enkel nahmen Anna und Friedrich Gontard ernst, aber sie waren froh, für zwei oder drei Stunden einmal nicht beansprucht zu werden durch Puzzeln, Legobauen, Vorlesen und Aufsichtspflichten.

Gabriel Sutter und seine Besucher waren schon alle auf der Terrasse seines malerischen kleinen Hauses versammelt, das durch eine hohe Lorbeerhecke vom Nachbarhaus, dem Haus der Familie Tavernier, getrennt war. Man merkte dem Garten an, dass der Hausherr wenig Zeit, vielleicht auch wenig Lust hatte, Blumen und Pflanzen zu hegen und zu pflegen, außerdem hatte Gabriel Sutter das Anwesen vor noch nicht allzu langer Zeit bezogen. Da hatte sich schlichtweg noch keine Gelegenheit ergeben, Gartenpflege zu betreiben.

Das Haus stammte aus den 20er Jahren, mit der für diese Epoche typischen Loggia, den Dachgauben, vielen kleinen Fenstern mit Art-Deco-Mustern, grünen Fensterläden und einer hübschen Terrassenstruktur mit einer von Glyzinien umrankten Pergola. Der nahezu verwilderte Garten war von einem ganz besonderen, romantischen Charme. Gelber Rhododendron war gerade am Aufblühen, ganze Kaskaden von Azaleenbüschen in lila, weiß und rosa durften ungezähmt an der alten Ziegelsteinmauer entlangwuchern.

Sehr früh hatte die Natur sich plötzlich und explosionsartig entfaltet. Zwischen schiefen Steinplatten wucherte das Gras, und Anna musste Brennnesseln aus dem Weg gehen, während sie sich der Terrasse näherte. Ihr Mann war damit beschäftigt, Zweige von Weigelien-Büschen und duftendem Jasmin zurückzuhalten, damit ein Durchgehen möglich war.

Bienen und Hummeln entdeckten hier ihr Paradies, und man wünschte sich eigentlich mehr von diesen ungezähmten Gärten, die ohne Pestizide, Schneckenkorn und sonstige Naturfeinde auskamen, zumal rundum in der Mühlgasse die Gärten eher gezirkelt waren, die Rasenflächen gemäht und die Wege und auch Beete gemulcht oder gar mit Kieseln bedeckt waren, ohne Rücksicht auf Insekten, Vögel, Igel und Frösche.

Stimmen, die von der Terrasse herkamen, bewiesen, dass die Gontards nicht die ersten Gäste waren.

»Und alle sind gespannt auf die englische Besucherin«, vernahm man die sonore Stimme des Hausherrn.

Einen großen ovalen Tisch schmückte eine Tischdecke mit mediterranem Muster. Lila Lavendelsträuße auf sonnengelbem Grund. Das Porzellan war, wie der Antiquitätenexperte Friedrich Gontard sogleich mit Kennerblick erkannte, altes Frankenthaler Porzellan, und es bestätigte sich, was Gabriel Sutter schon angedeutet hatte. Da hatte jemand Sinn für das Bewahren alter, schöner Dinge. Der Hausherr stellte die Gäste einander vor, sofern das nötig war.

»Susanne und Thomas Lessing muss ich Ihnen ja nicht vorstellen«, sagte er an die Gontards gewandt.

Susanne Lessing meinte: »Ja, nun haben wir uns schon so lange nicht gesehen, und nun begegnen wir uns innerhalb einer Woche gleich zweimal.«

»Wo ist Ihr Hund Romeo?«, fragte Friedrich Gontard.

»Er ist bei Cordelia geblieben. Cordelia, typisch bockiger Teenager, wollte nicht mitkommen zu den ›alten Leuten‹. Sie ist heftig am Pubertieren«, lachte Susanne Lessing. »Nicht immer leicht, aber wenigstens ist sie ehrlich. Und wir dachten, dass wir uns ohne Hund heute mehr auf die Menschen konzentrieren könnten. Aber Ihr Oscar ist wohl auch nicht mitgekommen?«

»Nach Niederzell schon, aber wir haben ihn für die Zeit, bis die Enkelkinder wieder aus der Schule und dem Kindergarten da sind, einfach mal drüben gelassen. Er hat einen Riesenknochen bekommen und ist da erst mal beschäftigt, außerdem schläft er auch gerne.«

»Und hier sind die beiden Emilien«, kürzte Gabriel Sutter den Austausch unter Hundebesitzern ab.

»Emily Parker und Emilie Kern.«

Emilie Kern mochte Ende 70 sein, und sie entsprach eher dem archaischen Bild, das man sich von einer Seniorin machte: Sie war beinahe ganz in Schwarz gekleidet und ihr ergrautes, fast weißes Haar war onduliert. Eine alte Frau wie aus dem Bilderbuch, es fehlte nur das Spitzenkrägelchen und dazu die Granatbrosche, dachte Anna, als sie der Freundin von Leni Grünewald, dem jüdischen Mädchen, vorgestellt wurde.

Eine hellgraue Strickjacke mit weißen Streifen war das einzige etwas jugendliche Attribut an dieser Erscheinung, die sich keine Mühe gab, jünger zu erscheinen als sie war. Sie ist vielleicht zehn Jahre älter als ich, dachte Anna, aber sie könnte im Vergleich meine Mutter sein. Emilie Kerns Augen aber sprachen eine andere Sprache: Da war viel Dynamik, viel Lebensfreude, viel Aufmerksamkeit zu spüren, und das aus der Mode gekommene Wort »gütig« war angebracht, wollte man die Ausstrahlung dieser so einfach und bescheiden wirkenden Frau beschreiben.

Emilie Kerns englische Namensbase Emily Parker war eine schlanke, mittelgroße Frau Mitte 50. Das kurze dunkle, mit grauen Strähnen durchzogene Haar verlieh ihr ein sportliches Flair, und auch ihre Kleidung unterstrich diesen Eindruck.

»Das sind viele Eindrücke für mich, viele Gesichter«, sagte sie mit leichtem Akzent.

Ja, sie war Engländerin, und man konnte es ihrer Mutter, Elsa Parker geborene Grünewald nicht verdenken, dass sie ihrer Tochter kein perfektes Deutsch beibringen, sie nicht allzu deutsch erziehen wollte, nach all dem, was dieses Land ihr und ihrer Familie angetan hatte.

Gabriel Sutter war ein souveräner Gastgeber. Er hatte Kaffee und Tee zubereitet und eine reichliche Auswahl an Torten und Kuchen verriet ihn als Kenner und als das Gegenteil eines Kostverächters.

»Ich esse für mein Leben gern Süßes, also ist diese Besuchsrunde eigentlich für mich eine Ausrede.«

Und er fügte hinzu: »Ich eröffne die Kuchenschlacht.«

Alle lachten. Das Eis war gebrochen. Friedrich Gontard hatte bemerkt, dass neben Emilie Kerns Stuhl eine große Tasche stand, und man sah, dass darin zahlreiche große Alben und Dokumentenmappen steckten.

Könnte ich nur Mäuschen spielen, dachte er. Ich würde mich statt über Streuselkuchen, Frankfurter Kranz, Schwarzwälder Kirschtorte und Käsekuchen am liebsten gleich über all diese Dokumente hermachen. Daran war aber leider nicht zu denken. Man ließ sich Zeit bei der Kuchenschlacht und höflichem, harmlosem Smalltalk.

Verstohlen schaute Friedrich Gontard auf seine Uhr. Fredi und Lotta würden in anderthalb Stunden abzuholen sein, und hoffentlich kam man nach all dem Geplauder endlich mal bald zum Wesentlichen.

Ein dezenter Blicktausch mit Anna zeigte ihm, dass sie ähnliche Gedanken bewegten. Gontard beschloss, die Initiative zu ergreifen, als Anna ihm schon sehr geschickt zuvorkam.

»Frau Kern«, sagte sie zu ihrer Tischnachbarin, »gestern habe ich in Klingenmünster auch sehr guten Kuchen gekauft. Das war in der Bäckerei gegenüber vom Café Rosinchen. Dabei ist mir aufgefallen, dass im Pflaster davor zwei Messingplatten eingelassen waren. Zwei Stolpersteine mit Namen drauf.«

»Ja, das sind die zwei Stolpersteine von dem Gustav und dem Alfred Levy«, kam es prompt von Emilie Kern. Sie hatte den Köder geschluckt. Liebe Anna, dachte Friedrich Gontard, geschickt hast du das gemacht.

»Ach«, fuhr Emilie Kern fort, und sichtlich bewegt sagte sie: »Das ist so traurig, das mit dem Alfred und dem Gustav, ich hab die zwei gut gekannt als Kind.«

Die hellblauen Augen verdunkelten sich in der Erinnerung. Nicht billiges Mitleid sprach aus der Stimme, sondern Mitleiden im wahrsten Sinn. Emilie Kern sprach mit der gleichen Dialektfärbung wie Gabriel Sutter, dem südpfälzischen »Singsang«.

»So zwei liebe Männer. Die waren unsere Nachbarn. Und meine Freundin Inge und ich, wir haben immer spielen dürfen bei den beiden, im Hof und auch im Haus, und besonders der Alfred, der hat mit uns so gern Domino gespielt. Und er hat uns immer gewinnen lassen. Der Gustav war der Ältere, und er war den ganzen Tag über bei der Arbeit. Bei einem Landauer Weinhändler hat er im Büro gearbeitet, und er war immer ganz korrekt und ordentlich gekleidet, mit Anzug und Krawatte und Hut. So gepflegt. Der Alfred hat eine Kutsche gehabt und ein Pferdchen. Er hat mit Haushaltswaren gehandelt, und er ist in der ganzen Südwestpfalz rumgefahren mit seinem Wagen und dem Pferd. Und wir haben manchmal auf dem Pferdchen reiten dürfen, das war die Lisa.«

Während sie so sprach, schien Emilie Kern all die vielen Lebensjahre abgestreift zu haben und wieder das Kind geworden zu sein, das sich an die Zeit erinnerte, die man als die braune Ära bezeichnet. Ihr Blick wurde unendlich traurig, und die blauen Augen schimmerten feucht, als sie sagte:

»Und zwei so liebe Menschen haben sie weggeschafft, diese, diese …«

Sie schwieg, von ihren Erinnerungen überwältigt.

Es gab keine Worte für »diese, diese …«. Doch sie hatte das Wort gefunden: »Diese Verbrecher.«

Und sie fuhr fort: »Ich war zehn, das war 1940 im Oktober, und ich werd nie vergessen, wie die zwei, alt und gebückt, mit ihren Köfferchen in der Hand aus ihrem Haus gegangen sind und die Straße hoch, wo man sie abgeholt hat. Einfach so. Nie vergess ich den Blick zurück vom Alfred Levy. Und vielleicht hat er gehofft, dass jemand ruft: ›Halt, das könnt ihr doch nicht machen, die gehören doch zu uns. Das sind Minschterer.‹ So heißen wir in Klingenmünster«, erklärte Emilie Kern. »Aber niemand ist gekommen. Niemand hat ›Halt!‹ gerufen.«

Erschöpft hielt Emilie Kern inne.

Nach einer Weile sagte sie: »Ich hab auch Fotos dabei.«

Die Tischrunde war sehr schweigsam geworden.

»Die Inge und ich … Die Inge war meine beste Freundin, wir haben bei unseren Eltern gebittet und gebettelt: Warum helfen wir den beiden nicht? Bitte versteckt sie doch, wir haben doch Platz oben auf dem Speicher. Da machen wir einen Bretterverschlag. Und wir haben Pläne geschmiedet, die Inge und ich, wie man unsere zwei Nachbarn, die doch unsere Freunde waren, retten könnte. Aber unsere Eltern haben gesagt: ›Kinder, das geht nicht. Die Braunen sind stärker als wir. Die stöbern den Alfred und den Gustav auf. Und dann stecken sie uns ins KZ.‹ Wir haben gefragt: ›Was ist das, ein KZ?‹ Aber die Großen haben geantwortet, sie wüssten das auch nicht so richtig, aber auf jeden Fall wär es was ganz Schlimmes. Alles Bitten und Betteln und Weinen hat nichts genützt, und die Großen haben schließlich gesagt: ›Die kommen ja vielleicht auch wieder, der Alfred und der Gustav, die werden nur umgesiedelt.‹ Aber auch das Wort Umsiedeln haben die Erwachsenen nicht erklären können.«

»Ja, wir waren alle so schrecklich hilflos, liebe Frau Kern«, sagte Friedrich Gontard. »Ich hab ja auch die Hitlerei erlebt, bin ja ein paar Jahre älter als Sie und war als Soldat im Krieg. Das Schießen, das Töten haben sie uns beigebracht und uns weismachen wollen, wir wären Helden.«

Anna merkte, dass sie wieder mal würde einlenken müssen. Ihr positives Wesen war dringend gefragt.

»Aber es gibt doch auch so viele Beispiele von verfolgten Menschen, die versteckt worden sind oder sonst wie gerettet, oder?«, rief sie aus.

»Versteckt und verraten, ja«, kam es aus Emilie Kerns Mund. Und schon wieder glitt die Unterhaltung in dunkle Fahrwasser ab.

Friedrich Gontard hätte nichts dagegen gehabt, wenn sich das Gespräch bei dem Thema »Verrat« aufgehalten hätte, doch Annas Positivismus durchkreuzte den Wunsch.

»Gerettet wurde doch Ihre Mutter, oder nicht, Mrs. Parker?«

»Nennen Sie mich doch bitte Emily. In England nennen sich die Leute, glaube ich, eher beim Vornamen als hier. Ja, meine Mutter hatte Glück, aber sie hatte auch immer ein schlechtes Gewissen, bis zu ihrem Tod. Vor allem in ihren letzten Jahren ließen die Schuldgefühle sie nicht mehr los. Sie war gerettet worden, aber ihre Familie hat man ermordet. Die Eltern und die kleine Schwester, Leni. Und ich bin nun da, um einiges gutzumachen. Im Auftrag meiner Mutter. Ja, sie hatte Glück, meine Mutter, denn sie kam in einer lieben Familie unter.

Viele der geretteten Kinder wurden aber regelrecht ausgebeutet, vor allem die älteren Jungs und Mädchen. Als billige Dienstboten im Haushalt oder in Fabriken mussten sie schuften, außerdem hat sich der Wind gedreht, als Deutschland im September 1939 Polen angegriffen und den Zweiten Weltkrieg ausgelöst hat. Da hat man den jüdischen Emigranten misstraut, denn sie sprachen ja mit deutschem Akzent, und man nannte sie ›enemy aliens‹. Feindliche Ausländer. Spione für Nazideutschland. Doppelter Hohn, doppelte Verfolgung.«

»Ach ja«, schaltete sich Anna Gontard ein. »In meinem letzten Schuljahr vor der Pensionierung habe ich meinen Schülern den

Film *The Remains of The Day* gezeigt. *Was vom Tage übrigblieb* hieß der Film bei uns, nach dem Bestseller von Kazuo Ishiguro. Da werden zwei ›gerettete‹ jüdische Mädchen von ihrem Dienstherrn Lord Darlington entlassen und nach Nazideutschland zurückgeschickt. In den sicheren Tod. Er ist noch nicht einmal ein Bösewicht, sondern nur schrecklich naiv, weil er glaubt, mit den Nazis könne man ehrenwert verhandeln. Entschuldigung für die Unterbrechung. Aber das Buch und der Film haben damals meine Schüler sehr beeindruckt.«

Emily Parker bückte sich, hob eine Tasche hoch, die sie unter dem Tisch abgestellt hatte.

»Ich hab auch Dokumente dabei, genau wie Frau Kern. Briefe, auch ein paar Fotos.«

Zu Emilie Kern gewandt sagte sie: »Sie wissen, dass meine Mutter mich Emily genannt hat? Zur Erinnerung an die Freundin ihrer Schwester Leni, und diese Freundin waren Sie, Emilie.«

Emilie Kern schien erstaunt über diese Mitteilung, denn Tränen traten in ihre Augen.

»Entschuldigung«, sagte sie zur Tischrunde. »Ich hab nah am Wasser gebaut, aber das ist doch ein bissel viel heute für mich. Aber wie schön trotzdem. Dass sie sich an mich erinnert hat.«

Sie fasste sich und fügte hinzu: »Nach Inge war Leni meine beste Freundin. Leni hab ich halt immer in den Ferien gesehen. Wenn sie ihre Großonkels besucht haben, den Alfred und den Gustav Levy. Die Elsa und die Leni waren meist ohne ihre Eltern da. In den großen Ferien. Einmal sogar für zwei Wochen. Ich hab da ein paar Fotos mit uns Kindern und mit Alfred und seinem Pferdchen. Einmal hat uns der Alfred mitgenommen bis nach Dahn, wo er drei Öfen ausgeliefert hat für eine vornehme Villa. Das war ein Abenteuer. Am Jungfernsprung oben haben wir ein schönes Picknick gemacht.«

Sie holte nun ihrerseits ihre Tasche hervor, die neben dem Stuhl gestanden hatte und kramte darin.

»Dann räume ich mal ab, damit es ein wenig Platz gibt«, sagte Gabriel Sutter.

Emilie Kern legte ein Album vor sich auf den Tisch und schlug eine Seite in der Mitte auf. »Das ist mein Lieblingsfoto. Da sitzt Leni auf dem Pferd. Elsa steht daneben und hält es am Halfter fest. Dahinter Alfred, der immer so gern gelacht hat.«

Das Album wurde herumgereicht.

Sichtlich bewegt sagte Emily Parker: »Diese Fotos! Meine Mutter hat seltsamerweise kaum von Klingenmünster erzählt. Nur dass es schöne Ferientage gegeben hatte bei den Verwandten Gustav und Alfred. Die Erinnerungen waren zu schmerzlich, glaube ich. Da wurde mehr geschwiegen als geredet.«

Emilie Kern ergriff wieder das Wort, und ihre Stimme war alles andere als fest: »Einen Tag, bevor die beiden Brüder abgeholt worden sind, hat der Alfred zu meinem Vater gesagt: ›Und pass bitte gut auf mein Pferdchen auf.‹ Ich war danebengestanden, und ich werd die Worte bis an mein Lebensende nicht mehr vergessen.«

Sie schlug schnell eine Seite um. Sie hatte sich wieder gefasst und sagte: »Aber das Leben ist weitergegangen. Und mein Vater hat gut aufgepasst auf die Lisa, und sie ist sehr alt geworden. Aber der Alfred ist nicht mehr zurückgekommen.«

Alle hingen ihren Gedanken nach, bis Anna plötzlich ausrief: »Oje, ich muss los und Lotta im Kindergarten abholen, und dann sammele ich gleich Fredi ein, der nach der Schule zu seinem Freund Jonas gegangen ist. Du kannst mir ja dann berichten, Friedrich, was es noch über Leni und Elsa zu sagen gab. Schade, wirklich schade. Ich wäre gern noch geblieben, aber Lilli hat uns die Kinder anvertraut. Wir sehen uns bestimmt noch in der nächsten Zeit, ihr zwei Emilien«, sagte sie lachend. »Bis dahin alles Gute!«

Und im Hinausgehen rief sie noch: »Oscar wird sich auch freuen, wenn er mal raus kann. Der arme Hund. Wir hätten ihn doch mitnehmen sollen!«

»Der Alfred hat einmal gesagt, dass die Tiere die besseren Menschen sind«, sagte Emilie Kern.

»Und wenn man bedenkt, wie viel Schlimmes er von Menschen hat erfahren müssen, dann kann man ihm nur recht geben«, stimmte Friedrich Gontard ihr zu.

»Obwohl es auch damals gute Menschen gegeben hat«, sagte Emilie Kern. »Wenigstens für eine kleine Weile hat das die Leni erfahren dürfen.«

»Bis man sie verraten hat, oder? Das meinen Sie doch damit?«, fragte Emily Parker. »Und wer hat sie eigentlich versteckt? Wissen Sie Genaueres?«

»Das waren wir. Wir haben sie versteckt. Meine Familie.«

Emilie Kern, die unscheinbare alte Frau, sagte es fast flüsternd, so als fürchte sie immer noch die Lauscher und Häscher von damals. Es herrschte Totenstille. Wohl niemand hatte mit dieser Nachricht gerechnet.

»Ja, wir,« wiederholte Emilie Kern. »Was wir an unsern lieben Nachbarn, Gustav und Alfred Levy, nicht Gutes haben tun können, das haben wir bei ihrer Großnichte nachgeholt. Und das kam so.«

Emilie Kern stand nun im Mittelpunkt der Kaffeerunde. Sie strich sich etwas verlegen die grauen Haare von der Stirn und begann: »Wie alle nun wissen, sind der Gustav und der Alfred Levy am 22. Oktober 1940 abgeholt worden.«

Emilie Kern hielt kurz inne und fuhr dann fort: »Wir haben ja erst nach dem Krieg erfahren, dass sie nach Südfrankreich gekommen sind, nach Gurs. Der Gustav ist dort gestorben wegen der Strapazen, und den Alfred haben sie später nach Polen geschafft, nach Auschwitz. Wo er auch ermordet worden ist. Als ich gerade zwölf geworden war, das war im Januar 1942, hat mitten in der Nacht jemand an die Haustür geklopft, wie meine Eltern mir am andern Morgen gesagt haben. Das war Heinrich Grünewald, der Vater von Elsa und Leni«, sagte sie in Richtung von Emily Parker. »Und er hat ein Kind dabeigehabt. Es war die Leni. Meine Eltern haben mir erzählt, dass sie noch nie im Leben einen erwachsenen Mann so flehentlich haben bitten sehen: ›Retten Sie mein Kind. Hier im Dorf kennt man Leni ja nur von den wenigen Ferien her. Hier könnte sie untertauchen.‹ Und Herr Grünewald hat dann geschildert, wie die Familie 1939 von Ludwigshafen nach Frankfurt gezogen ist, um in der großen jüdischen Gemeinschaft anonymer zu sein als in der Pfalz. Elsa war in England untergekommen, bei einer netten Familie, wie Herr Grünewald weiter berichtet hat, und Gerüchten zufolge solle es bald eine ›Endlösung der Judenfrage‹ geben. Schlimmstes würde befürchtet.«

»Ja, es war die Wannseekonferenz von 1942, da beschlossen Hitler und seine Spießgesellen, dass die Vernichtung jüdischen Lebens nun ›großflächig‹ vollzogen werden solle. Zynisch, kalt, bürokratisch.«

Es war Gabriel Sutter, der das sagte, und Friedrich Gontard nickte. »Meister des Zynismus, ja, das waren sie alle: Heydrich, Himmler, Göbbels und die anderen Spießgesellen der Hitlerei.«

Emilie Kern fuhr fort: »Und dann hat meine Mutter, die bei uns in der Familie die Hosen angehabt hat, wie es so heißt, gesagt: ›Lassen Sie die Leni hier, Herr Grünewald. Wir machen das.‹ Und sie hat das Mädchen in die Arme genommen und ihr meine Puppe Gretel und mein Äffchen Peppi gegeben und dann gesagt: ›Und unsere Emilie wird sich freuen, wenn du bei uns wohnst. Nur wirst du auf dem Speicher wohnen müssen.‹ Die Leni soll daraufhin geweint haben, aber meine Mutter hat sie getröstet: ›Es ist nur für kurze Zeit, Lenchen. Und dann darfst du wieder zu deinen Eltern heim.‹ Herr Grünewald hat weggeschaut, das hat meine Mutter mir auch gesagt. Er hat an ein glückliches Ende wohl nicht glauben können.«

Emilie Kern hielt erschöpft inne. So viel hatte sie schon lange nicht mehr geredet. Sie nahm einen Schluck des Wassers, das Gabriel Sutter zum Kaffee hingestellt hatte, und dann fuhr sie fort: »Es ist tatsächlich ein halbes Jahr gut gegangen. Niemand hat ja von dem Versteck gewusst, nur Inge, meine beste Freundin, und für die Inge lege ich meine Hand ins Feuer. Die war garantiert nicht die Verräterin. Noch nicht einmal ihre Eltern haben was von der Leni erfahren. Und dann haben sie im September 1942 die Leni abgeholt, bei Nacht und Nebel, und wie durch ein Wunder sind meine Eltern nicht auch noch mitgenommen worden. Mein Vater hat einmal gesagt, dass das meiner Mutter zu verdanken war. Sie hat gewusst, dass der Ortsgruppenleiter ein verbotenes Verhältnis mit einer polnischen Zwangsarbeiterin gehabt hat, und sie hat ihm gedroht, es publik zu machen. Aber Leni hat sie damit nicht retten können. Das hat bis ans Lebensende das Gewissen meiner Mutter belastet.«

»Aber Sie wissen, Frau Kern, wer meine Tante Leni verraten hat?«

»Ich weiß nichts Genaues, ich vermute nur.«

Emilie Kerns Stimme war wieder leise geworden.

»Und ich habe hier nicht mehr als eine kleine Notiz, die ich vor nicht so langer Zeit zufällig entdeckt habe, als ich mich im Speicher mit Aufräumen beschäftigt habe. Dringend notwendig war das Aufräumen. Das kleine Heft hat in einer Nische zwischen den alten Balken gesteckt.«

Sie legte ein kleines, hellblaues, ziemlich vergilbtes Schulheft auf den Tisch.

»Leni Grünewald« stand darauf in sorgfältiger Sütterlinschrift. Sie schlug das Heftchen auf.

»Es ist so eine Art Tagebuch. Leni hat kurze Einträge gemacht, ab und zu aber auch Ausführliches. Und sie hat ja nicht zu Ende schreiben können. Der letzte Eintrag ist vom August 1942. Bald danach ist sie ja … weggeschafft worden. Ich hab mich noch nicht einmal verabschieden können von ihr. Ich hab tief und fest geschlafen, als die … Mordgesellen … sie geholt haben.« Die Erzählerin war mit ihrer Kraft am Ende. Kein Wort kam mehr über ihre Lippen. Kein einziges Wort.

Emily Parker meldete sich nun.

»Ich sehe, dass mein Auftrag, den meine Mutter mir vor ihrem

Tod gegeben hat, sich überschneidet mit dem, was Sie, liebe Emilie, herausgefunden haben. Es hat einen Verrat gegeben. Meine Tante hätte gerettet werden können.

Aber hat es wirklich einen Verrat gegeben? Oder ist das nur eine Vermutung, nicht mehr? Wie hätte meine Mutter Elsa, die schon seit drei Jahren in England und sozusagen in Sicherheit war, wissen können, was sich in der Südpfalz im Sommer 1942 abgespielt hat? Es gab Briefe. Briefe von Gertrud Grünewald, der Mutter von Elsa und Leni. Briefe meiner Großmutter, die sie an ihre Tochter geschrieben hat, nachdem diese in England angekommen war. Die Antwortbriefe meiner Mutter an meine Großmutter sind natürlich verlorengegangen. Meine Großeltern wurden ja ›abgeholt‹ 1942, nach Polen verschleppt und ermordet.«

Sie nahm nun ihrerseits ihre Tasche hoch, entnahm ihr mit einem energischen Griff ein Bündel, das mit einem dunkelgrünen Samtband liebevoll zugebunden war.

»Hier«, sagte sie. »Hier sind die Briefe von Gertrud Grünewald an ihre Tochter Elsa, meine Mutter.«

Sie löste das Samtband und nahm den ersten Brief aus dem Umschlag. Sie las:

»Ludwigshafen, den 30. November 1939.

Mein liebes Elsamädchen, ich hoffe, du lebst dich allmählich in deiner neuen Familie ein. Du bist doch höflich und machst dich nützlich? Wir vermissen dich, und Leni fragt ständig nach dir. Sie versteht auch nicht, dass sie nicht mit dir ›verreisen‹ konnte, wie sie es nennt …« Emily Parker brach jäh ab.

»Ich will nicht weiterlesen. Aber ich möchte Ihnen allen die Möglichkeit geben, die Briefe zu lesen. Nacheinander. Aber hier der Brief, der mich hellhörig gemacht hat. Er ist vom August 1942, also kurz vor ihrer ›Abholung‹ durch ihre Mörder.«

Energisch schlug sie vor:

»Sollen wir es so machen, dass Sie, Herr Gontard, die Briefe als

Erster lesen? Und Sie, Herr Sutter, das Tagebuch meiner Tante Leni? Es ist nur ein Vorschlag. Und ich bin ja noch eine Weile bei Thomas und Susanne eingeladen, bei meinen wiedergefundenen Verwandten, und wir werden uns wieder treffen und uns austauschen.«

»Der Odenwald und die Pfalz sind ja nicht so weit auseinander«, bestätigte Thomas Lessing, der bisher wie seine Frau der Unterhaltung schweigend gefolgt war. Was hätten sie auch beitragen können zu diesen Angelegenheiten, die weit vor ihrer Zeit geschehen waren?

»Eine gute Idee«, sagte Friedrich Gontard zu Emily Parker. Und er nahm das Bündel Briefe an sich, das mittlerweile wieder mit dem grünen Samtband verschnürt worden war.

Emilie Kern überreichte Gabriel Sutter das kleine, hellblaue Schulheft von Leni Grünewald.

»Hier, zu besten Händen«, sagte sie leise.

»Nun muss ich doch mal ganz neugierig fragen«, meldete sich Susanne Lessing zu Wort. »Gibt es eine Namensnennung? Und handelt es sich um einen Verräter oder eine Verräterin?«

»Keine Namensnennung, nein, Leni schreibt von einer ›Person‹«, erklärte Emilie Kern.

Gabriel Sutter rief aus, und in seiner Stimme schwangen Enthusiasmus und Neugier mit: »Dann finden wir doch diese Person, lieber Herr Gontard. Sie und ich zusammen. Mit Hilfe der beiden Emilien.«

»Es wird nicht leicht werden, oder?«

Emily Parkers Stimme verriet eher Skepsis als Zuversicht. »Außerdem ist doch dieses Verbrechen, obwohl es ein großes Verbrechen ist, nämlich der Mord an einem Kind, ein ›Cold Case‹. So nennen wir in England einen Kriminalfall, der verjährt ist. Ein Verbrechen, das nicht mehr geahndet werden kann. Aber ich bin es meiner Tante schuldig, diesen Cold Case aufzuklären, und meiner Mutter ebenfalls, die bis zu ihrem Lebensende von Gewissensbissen geplagt war. Von Schuldgefühlen, weil sie gerettet worden war, ihre kleine Schwester aber nicht.«

»Es ist nicht das erste Mal, dass ich einem Cold Case nachgegangen bin, und oft habe ich so etwas wie Sühne erreichen können«, sagte Friedrich Gontard. »Oder nennen wir es lieber den Versuch, der Gerechtigkeit auf die Sprünge zu helfen.« Seine Stimme wurde plötzlich leise, klang resigniert. »Manchmal blieb es allerdings beim Versuch.«

Gabriel Sutter schien den resignierten Tonfall des Älteren zu ignorieren.

»Es ist aber doch den Versuch wert, nicht wahr, Herr Gontard? Und zu zweit schaffen wir es diesmal vielleicht.«

Friedrich Gontard nickte stumm.

»Nun haben wir beide eine Abendlektüre«, sagte er zu Gabriel Sutter, der ihn noch ein Stückchen den überwucherten Weg entlang bis zum Gartentor begleitete.

»Oh ja, ich werde mich gleich ans Lesen von Lenis Heftchen machen«, erwiderte der Hausherr. Seine Worte konnten den Wunsch nicht verbergen, seine Gäste möchten bald die Heimfahrt antreten.

»Wir sind im gleichen Thema verfangen, nolens volens, oder nicht?«

»Es ist und bleibt mein Lebensmuster«, erwiderte Friedrich Gontard. »Ja. Und ich bin froh, dass auch noch Jüngere wie Sie für dieses Thema brennen.«

»Es wird immer wichtiger, die Erinnerung an die braune Unzeit wachzuhalten. Ich versuche es auf meine Weise. Als Pädagoge. Aber es ist ein Kampf gegen Windmühlen, wie es mir manchmal vorkommt.« Gabriel Sutter lachte. »Oh, das war nun ein seltsamer Vergleich. Ich bin doch ein ziemlich dicker Don Quichote. Und es fehlt mir das klapprige Pferd Rosinante.«

»Kämpfen Sie weiter, Herr Sutter, ob als dicker oder als dünner Ritter. Und so dick sind Sie doch nicht? Besser eine stattliche als eine traurige Rittergestalt«, sagte Friedrich Gontard mit Blick auf seine eigene nicht gerade schlanke Figur.

Herzlich lachend verabschiedeten sich die beiden Windmühlenkämpfer.

»Wider das Vergessen, Herr Sutter.«

»Wider das Vergessen, Herr Gontard.«

Die Gartentür fiel leise ins rostige Schloss.

6. Kapitel | Briefe und Fotos

Gontards Wunsch, sich unverzüglich an die Lektüre von Gertrud Grünewalds Briefe zu machen, ging nicht in Erfüllung.

Von Weitem schon riefen Lotta und Fredi: »Opa, Opa, da bist du ja endlich.« Und sie rannten ihm entgegen, Hund Oscar fröhlich hinterher.

Friedrich Gontard fing die kleine Lotta in seinen Armen auf und hob sie hoch, nicht ohne innerlich zu ächzen, denn sein Rücken war nicht mehr der Stabilste. Aber er ließ sich den Schmerz nicht anmerken.

»Spielst du mit uns ein bisschen Darts?«, fragte Fredi. Die Großeltern hatten ein Dartspiel für Kinder mitgebracht, mit Klettbällen statt Metallpfeilen, versteht sich.

Anna hatte die Dartscheibe schon an der Wand des Gartenhäuschens angebracht, das zwischen Haus und Garten lag. Lotta mit ihren fast fünf Jahren war sehr geschickt im Dartspiel. Fredi war der Gewinner, merkte aber, dass der Opa sich absichtlich ungeschickter anstellte als er war.

»Nicht schummeln«, rief er. »Soooo tapsig kannst du doch nicht sein, auch wenn du schon so alt bist.«

Gontard lachte. Dem sommersprossigen Knirps mit den rotblonden Haaren konnte man nicht böse sein, noch weniger seiner kleinen Schwester, die, ebenfalls rotblond und mit Sommersprossen gesegnet, das Ebenbild ihrer Mutter Lilli als Kind war.

»Aber nachher liest du mir aus dem neuen Buch vor, gell Opa?«

Die Großeltern hatten der Enkelin ein Buch mit ihrem Lieblingselefanten Babar mitgebracht, auf Deutsch.

Lotta besaß schon einige Babar-Bände auf Französisch, in der Originalsprache. Die Kinder wuchsen teilweise zweisprachig auf, denn der französische Vater, Fabrice Tavernier, unterhielt sich mit ihnen vorwiegend in seiner Muttersprache.

Das Zubettgehen verlief recht reibungslos, ohne große Widerstände, denn Schulkind Fredi musste früh aufstehen, und auch Lottas Kindergarten begann schon um 8 Uhr.

Mit dem Kuschel-Elefanten Babar im Arm war Lotta bald eingeschlafen, als der Opa ihr aus dem neuen Buch vorlas und damit kämpfen musste, nicht selbst einzunicken. Fredi hörte zu, obwohl die Geschichte für ihn Kleinkinderkram war und er in seinem Weltraumbuch blätterte. Es war sein derzeitiger Lesefavorit.

Anna war unten geblieben und telefonierte mit Lilli, die vom Schullandheim aus anrief und deren Stimme sehr müde wirkte.

»Mein junger Referendar ist ganz super und unterstützt mich. Die Schüler haben viel Spaß«, sagte sie. »Und ich hoffe, bei euch ist alles in Ordnung. Fabrice hat eine Verlängerung seiner Konferenz in Straßburg. Ein Referent ist ausgefallen, und er muss einspringen. Ihr werdet ihn nicht mehr antreffen vor eurer Rückreise nach Hohenkirch. Aber ich komme dann übermorgen Abend heim. Und ich freu mich drauf.«

Friedrich Gontard berichtete seiner Frau, was bei Gabriel Sutter besprochen worden war, und sie verstand.

»Nun zieh dich schon in dein Kämmerlein zurück und mach dich an die Brieflektüre. Du kannst es nicht erwarten, stimmt doch, oder? Ich hab eh noch im Haushalt zu tun.«

Im gemütlichen Gästezimmer im oberen Stock ließ sich Friedrich Gontard erst einmal im Korbsessel nieder, der neben einem kleinen runden Marmortisch stand. Wie ein Literat in einem Wiener Kaffeehaus fühl ich mich, dachte er.

Und er legte das Briefpaket auf die runde Marmorplatte des Tischchens, löste das dunkelgrüne Samtband und nahm den zuoberst liegenden Brief zur Hand. Emily Parker, ganz die akkurate, korrekte Bibliothekarin, hatte die Briefe ihrer Großmutter sortiert und nummeriert. Es waren sieben Briefe.

Es war zu vermuten, wie Emily Parker schon gesagt hatte, dass nicht alle Briefe von Gertrud Grünewald an ihre Tochter Elsa erhalten waren. Als er das Band löste, purzelten einige Blätter zu Boden. Die Blätter waren Fotos, sepiafarben, braungrau. Die Fotos erregten Friedrich Gontards Neugier mehr als der erste Brief, den die englische Besucherin auch schon angefangen hatte vorzulesen. Gontard bückte sich und legte die Fotos auf das Tischchen.

Ein sehr hübsches junges Mädchen mit ausdrucksvollen, ernsten Augen und dunklem, dichtem, hochgestecktem Haar blickte den Betrachter an. Gontard drehte das Foto um: »Elsa im Juni 1939«, stand da zu lesen. Da muss Elsa Grünewald 15 Jahre alt gewesen sein. Zwei Monate später »verreiste« sie nach England. Elsa trug ein geblümtes Sommerkleid mit einem Spitzenkrägelchen. Das Mädchen war sehr hochgewachsen und schlank. Die Hochfrisur brachte den eleganten Hals von Elsa Grünewald besonders gut zur Geltung. Sie erinnert mich an die Schauspielerin Audrey Hepburn, dachte Friedrich Gontard. Elsa Grünewald, die Mutter von Emily Parker, muss eine aparte Schönheit gewesen sein.

Auf dem nächsten Foto war Elsa Grünewald etwas jünger, noch ohne die weiblichen Rundungen vom ersten Foto.

»April 1938, Elsa wird konfirmiert«, stand auf der Rückseite.

Elsa war eine getaufte Jüdin, wie ihre Mutter Gertrud, und wie ihre Schwester Leni. Doch viele Juden waren christlichen Glaubens, katholisch oder protestantisch gewesen, wie Friedrich Gontard wusste. All das zählte jedoch in den Augen der vom Rassenwahn besessenen braunen Machthaber kein bisschen, dachte Gontard.

Das dritte Foto zeigte eine etwas üppige Frau mittleren Alters, gemäß der Mode der 20er und 30er Jahre in einem Kleid mit tiefversetzter Taille, mit Glockenhut und Schnallenschuhen. Der sehr schlanke Mann neben ihr legte liebevoll den Arm um sie. Zwei Mädchen standen vor dem Paar, Hand in Hand. Gontard erkannte in dem größeren Kind Elsa Grünewald. Da lag ein kleiner Hund zu Elsas Füßen, sie hielt ihn an einer Leine fest.

Die Rückseite gab Auskunft über die Entstehung des Fotos: »Mama, Papa, Elsa und Leni im September 1937.«

Da war Elsa 13 Jahre, Leni 8 Jahre alt. Heinrich Grünewald machte auf Gontard einen sehr verhärmten und sorgenvollen Eindruck. Ja, die Schikanen der Nazis hatten gleich nach der Machtübernahme begonnen, und Heinrich Grünewald, der angesehene, unbescholtene, gewissenhafte Justizinspektor des Ludwigshafener Amtsgerichts, war schon bald nach Entstehung des Fotos ohne Nennung eines triftigen Grundes entlassen worden. Verbitterung und Furcht lagen in den markanten Gesichtszügen des Familienvaters, und das fröhliche Lachen der beiden Schwestern zeigte nur, dass die Familie bemüht war, sich ein Stück Normalität zu bewahren.

»Leni im Dezember 1941«, besagte die Schrift auf der Rückseite des nächsten Bildes. Leni, noch nicht so alt wie ihre Schwester Elsa, als sie zum Kindertransport nach England kam, blickte klug und ernst geradeaus.

Wo war das fröhliche Kind geblieben, das auf den ersten Fotos zu sehen war? Bald darauf sollte ihr Vater sie zu Familie Kern in ihren Unterschlupf bringen.

Das fünfte Foto zeigte noch einmal Elsa, diesmal im Badeanzug, im Wasser stehend. Das Foto war tituliert: »Elsa in ihrem Element. Parkinsel Ludwigshafen. Sommer 1937.«

Bald darauf, meinte Friedrich Gontard sich zu erinnern, war den jüdischen Mitbürgern das Baden in Schwimmbädern und Seen verboten worden.

Auf dem letzten Foto sah man noch einmal die Familie Grünewald, diesmal vor einem Schwarzwaldhaus, das von hohen Tannen umgeben war. Ein Brunnen, eine Bank, eine kleine Brücke mit geschnitztem Geländer. »Sommerfrische 1934. Schiltach.«

Elsa und ihre kleine Schwester, beide im Dirndl. Elsa mit geflochtenem Haarkranz, Leni mit einer Hahnenkamm-Frisur, die Schwestern wieder Hand in Hand. Gertrud Grünewald trägt diesmal ein langes Sommerkleid und einen breitkrempigen Strohhut, und wie auf dem anderen Familienfoto liegt Heinrich Grünewalds Hand liebevoll auf dem Arm seiner Frau.

Die dunklen Wolken der politischen Realität schienen hier – wenigstens für eine Weile – vergessen zu sein.

Seufzend las nun Friedrich Gontard den Brief Gertrud Grünewalds vom 30. November 1939.

Nach der Ermahnung, zu den Gasteltern höflich und hilfsbereit zu sein, folgten warmherzige Worte an die Tochter, die besonders von ihrer kleinen Schwester vermisst wurde. Dann der Satz, der Friedrich Gontard stutzig machte: »… in deinem Brief, liebe Elsa, schreibst du von deinem Bedauern, nicht bei uns geblieben zu sein. Du sprichst sogar davon, dass wir Leni lieber haben als dich, sonst hätten wir dich doch nicht ›fortgeschickt‹ in die Fremde. Wie kannst du nur annehmen, liebes Elsakind, dass wir dich nicht hierbehalten hätten, wenn es möglich gewesen wäre. Aber du hast selbst erlebt, wie uns in den letzten Jahren nach und nach einige von unseren Freunden und Nachbarn gemieden haben und wie einige deiner Lehrer und Mitschüler geradezu gemein zu dir waren. Wie froh waren wir, als wir erfuhren, dass es eine Rettung für Kinder gibt. Dass einige Länder jüdische Kinder aufnehmen, zum Beispiel England. Dann der Kontakt zu Herrn Pfarrer Hermann Maas aus Heidelberg, der die Kindertransporte mitorganisierte. Pfarrer Maas, der sich nicht nur der getauften jüdischen Kinder annahm.«

Friedrich Gontard hielt im Lesen inne. Ja, der protestantische Pfarrer Hermann Maas, der an der Heidelberger Heiliggeistkirche predigte, er war ein wahrer Seelsorger und Christ gewesen, Mitglied der bekennenden Kirche, angefeindet von den Anhängern der Amtskirche, die man als absolut gleichgeschaltet bezeichnen konnte. Angefeindet als »Judenfreund«, nach dem Ende der Hitlerei hochgeehrt als »Gerechter unter den Völkern« und ausgezeichnet vom Staat Israel.

Er war ein Brückenbauer gewesen zwischen Nationen und Religionen, und eine Brücke in Heidelberg trug mit Recht seinen Namen: die Hermann-Maas-Brücke.

Und er hatte Glück gehabt, der mutige Theologe. Er war nur knapp dem KZ und der Hinrichtung durch die Nazis entkommen.

Gontard las weiter: »Wir haben dich, liebe Elsa, nicht weggeschickt, sondern wir hoffen, dass wir uns, wenn alles vorbei ist, alle wiedersehen. Leni hätten wir auch mitreisen lassen, aber du als ältestes Kind hattest den Vorrang. Sieh es als Privileg an und als eine Chance, nicht als Strafe, dass du nun in England sein kannst. Grüße die Familie Harrison vielmals von uns. Wir hoffen, Papa und ich, dass wir den Harrisons all das an Gutem eines Tages zurückzahlen können, was sie an dir, liebes Kind, getan haben. Bleib gesund und weiterhin fleißig und dankbar und lerne eifrig die englische Sprache. Leni lässt dir ausrichten, dass sie gut auf Seppel aufpasst. Das Dackelchen hat anfangs ziemlich viel Heimweh nach dir gehabt, aber nun hat sich das dank Lenis Fürsorge ein wenig gelegt. Leni ist erwachsener geworden, seit du nicht mehr hier bist. Sei ganz herzlich gegrüßt von deiner dich liebenden Mama.«

Nachdenklich machte sich Gontard an die Lektüre der nächsten Briefe. Sie waren im Januar und im April des Jahres 1940 geschrieben worden und sie handelten davon, dass die drei Grünewalds aus Ludwigshafen weggezogen waren nach Frankfurt, »in die größere Gemeinde, von der wir uns mehr Anonymität versprechen.« Es waren sehr knapp gehaltene Briefe, die nur Fakten enthielten und erahnen ließen, dass Not, nicht Freiwilligkeit hinter dem Umzug stand.

Friedrich Gontard, der nun, im Jahr 2007, in der Rückschau die gesamte Historie im Blick hatte, wusste, dass die Familie durch den Umzug ins hessische Frankfurt eine Art »Aufschub« erhielt, denn schon im Oktober 1940 waren alle Juden aus Baden, der Pfalz und Elsass-Lothringen ins südfranzösische Gurs deportiert worden, was für viele den Tod durch Krankheit und Hunger, für die Restlichen aber die Vorhölle unmittelbar vor der noch schlimmeren Hölle von Auschwitz bedeutete. Im hessischen Frankfurt konnten sie sich zunächst relativ sicher fühlen, sofern ihnen noch der Funke Hoffnung geblieben war, der Hoffnung, die dem Sprichwort nach zuletzt stirbt.

Die folgenden Briefe sprachen, wenn man zwischen den Zeilen zu lesen verstand, von den Entbehrungen der kleinen Familie, deren Familienoberhaupt nun schon länger arbeitslos war, doch auch vom Versuch der Schreiberin, negative Emotionen zu unterdrücken und sich an knappe Fakten zu halten – wenn auch die wenig hoffnungsvollen Untertöne immer mehr eine andere Realität vermuten ließen.

Friedrich Gontard war eifrig beim Lesen, als Anna ins Zimmer trat.

»Ach je, du bist noch nicht fertig. Willst du nicht endlich schlafen gehen?«

»An Schlaf kann ich gar nicht denken. Und ich habe bald zu Ende gelesen. Der vorletzte Brief ist der wichtigste, glaube ich, denn er stammt vom Dezember 1941, und wir wissen ja nun von Emilie Kern, dass im Januar 1942 Herr Grünewald mitten in der Nacht mit Leni ankam und sie den Eltern Kern anvertraute.«

»Schau mal, hier sind die Fotos, die bei den Briefen lagen. Die muss man nicht weiter kommentieren. Sie sind auf der Rückseite beschriftet, wohl von Gertrud Grünewald, es ist die gleiche Handschrift wie die der Briefe.«

Als Anna Gontard das erste Foto sah, rief sie spontan aus: »Das war aber eine ganz Hübsche, die Elsa Grünewald. Sie sieht aus wie Audrey Hepburn. Die mochte ich immer von allen Hollywood-Schauspielerinnen am liebsten. Die hatte so eine feine, vornehme Ausstrahlung. Du weißt, wie ich das meine, oder? Du, ich geh nochmal nach unten ins Wohnzimmer und schau mir die Fotos in Ruhe an, da kommen wir uns nicht in die Quere.«

»Die Briefe, die ich schon gelesen habe, kannst du gleich mit nach unten nehmen«, erwiderte Friedrich Gontard.

Dem Brief vom Dezember 1941 war ein kleinerer Zettel angeheftet, dem Gontard aber zunächst keine Beachtung schenkte.

»Frankfurt, den 30. Dezember 1941

Liebes Elsakind,

entschuldige die kindische Anrede, aber du bist und bleibst unser liebes Elsakind. Nun ist Weihnachten vorbei, und bestimmt ist Weihnachten in England genauso schön wie bei uns. Auch Papa feiert ja gerne mit, wie du weißt, obwohl er nicht getauft ist wie Leni, du und ich. Weihnachten war dieses Jahr aber bei uns wieder mal ganz mager und traurig. Ich hefte Lenis Briefchen ans Christkind bei. Ja stell dir vor, sie schreibt immer noch ans Christkind. Ihre Wünsche konnten natürlich kaum erfüllt werden, nein. Aber ein Wunsch, der vielleicht wichtiger ist als alle anderen ›Geschenke‹, wird hoffentlich in Erfüllung gehen, liebe Elsa. Wir werden für Leni eine ähnliche Lösung finden, wenn auch nicht die gleiche, die dir vergönnt war. Es gibt noch liebe Menschen auf der Welt, trotz allem, und wir hoffen auf deren Mithilfe. Nicht hier, sondern überm Rhein, du weißt schon wo. Da wart ihr glücklich bei Alfred und Gustav, den beiden Großonkels. Wir hören übrigens nichts mehr von ihnen. Aber die Zeiten sind nicht günstig fürs Voneinander Hören. Ich grüße dich nun, liebe Elsa, auch von Papa und Leni, und verbleibe deine treue Mutter.

Postskriptum: Du hörst von mir, sollte alles so klappen, wie wir es erhoffen.«

Oh, das sind vage Worte, dachte Gontard, aber sie mussten vage sein.

Beim Lesen des kleinen angehefteten Zettels, dem Brief ans Christkind, musste Friedrich Gontard schlucken.

Der Brief war in sorgfältigster Sütterlinschrift geschrieben, wie mit dem Lineal gezogen.

»Liebes Christkind, ich war sehr böse. Ich will mich bessern.

Bitte bring mir eine Puppe und ein Himmelbett und einen Roller. Und noch ein Puppenklavier. Ob das möglich ist, liebes Christkind? Du kannst doch Wunder vollbringen!

Gruß an den lieben Gott, und auch an den lieben Jesus.

Leni Grünewald.«

Ja, dachte Friedrich Gontard, damals spielten 12-Jährige tatsächlich noch mit Puppen. Und sie glaubten ans »Christkind«. Völlig undenkbar heutzutage!

Das Mädchen richtet schöne Grüße an Jesus und Gott aus, und es wird bald in Polen ermordet werden.

Der allerletzte Brief gab jedoch Rätsel auf. War Gertrud Grünewald verwirrt? Hatte der seelische Druck, der seit Jahren auf ihr und der Familie lag, hatten die Anfeindungen, Ausgrenzungen ihr den Verstand geraubt? Friedrich Gontard aber hatte eine andere Erklärung. Dies war ein versteckter Appell an den Leser oder die Leserin, die Signale zu erkennen. Der Brief war ein einziger Hilferuf, und aus ihm sprach die pure Verzweiflung.

»Liebes Elsakind,

deine Mutter schreibt hier einen verrückten Brief, ja. Für deine Schwester konnte erreicht werden, was zu erreichen war. Grenzen waren gesetzt. Wir hören wenig, fast nichts, es gibt viel Gutes, aber auch viel Gefahr. Eine Person mit Narben im Gesicht. Oder so ähnlich. Wer weiß. Ein verrückter Brief, ich habe es schon gesagt. Bleib in Gedanken bei uns wie wir bei dir. Und vergiss niemals: Es war nicht Strafe, sondern das Gegenteil, als wir uns von dir verabschieden mussten. Nein, nicht auf dem Bahnsteig. Wir durften nicht mit. Dennoch sehe ich, wie der Zug langsam, langsam aus dem Bahnhof herausfährt, und dann nur noch der Rauch. Nur noch der Rauch. Bleib gesund, und sei weiterhin fleißig und dankbar.

Und Grüße die Harrisons.

In ewiger Dankbarkeit und Liebe für dich, mein Kind.

Deine Mama.«

Anna Gontard war leise die Treppe heraufgekommen und stellte sich hinter ihren Mann, der vor sich hinstarrte. »Komm, lass uns schlafen gehen. Oder wenigstens versuchen zu schlafen.«

Friedrich Gontard gab Anna die restlichen Briefe.

»Dies hier kannst du morgen früh lesen, wenn Fredi und Lotta in der Schule und im Kindergarten sind.«

»Sind die Briefe aufschlussreich?«, fragte Anna.

»Ja und nein. Eine mysteriöse Person mit einer Narbe oder etwas Ähnlichem wird erwähnt. Diese Person müsste heute sehr alt sein oder nicht mehr leben. Warum habe ich mich nur auf solch einen Cold Case eingelassen, Anna?« Er klang sehr verzagt.

»Warum? Weil es dein Lebensmuster ist, mein Lieber. Alte Verbrechen aufzustöbern gegen das Vergessen.«

Vielleicht war es das Spielen mit den Enkelkindern gewesen und die vermehrte Hausarbeit, die sowohl Anna als auch Friedrich Gontard in dieser Nacht einen relativ und unverhofft guten Schlaf bescherten.

7. Kapitel | Lenis Tagebuch

An demselben Abend, an dem Friedrich Gontard sich mit dem Briefbündel und den Fotos von Gertrud Grünewald befasste, las im Nachbarhaus Gabriel Sutter im hellblauen Heftchen, das man als das Tagebuch der Leni Grünewald bezeichnen konnte. Ein reduziertes Tagebuch.

Und Gabriel Sutter las:

»25. Januar 1942

Liebes Tagebuch, nun bin ich schon zwei Wochen hier in meiner Kiste. Ja, mehr als eine Kiste ist es nicht, aber ich weiß, dass die Kiste mich retten kann. Ich bin nur ein Kind, aber ich sehe die bösen Gesichter der Großen, ich höre die schlimmen Worte, ich sehe die Schrift an den Häusern: ›Juda verrecke‹, und ich sehe das Zeichen, das überall angebracht ist und das sie Hakenkreuz nennen. Ich sehe auch die traurigen Mienen von Mama und Papa, vor allem von Papa, der seit November 1938 nicht mehr der gleiche Vater ist, der er war, sondern der wie zusammengeschrumpft heimgekommen ist von Dachau. Er hatte auch blaue Flecken und Schmerzen und wollte es verbergen, aber ich bin zwar noch so jung, aber nicht blind und nicht taub. In unserm Wohnzimmer haben sie damals alles zusammengeschlagen, das schöne Kaffeegeschirr mit dem Goldrand und der grünen Blumengirlande, die Tänzerin aus Porzellan, den Steinguthund und die Kristallgläser. ›Kristallnacht‹ haben sie das genannt. Dem Seppel haben sie zum Glück nichts getan. Der Dackel ist schlau und hat sich verkrochen und keinen Mucks von sich gegeben. Dann sind sie abgezogen, es waren lauter Fremde. Einer, ein ganz Junger, hat so eine rote Narbe gehabt oder so was Ähnliches. Mitten auf der Stirn. Wie ein Sternchen. Dabei müssen WIR einen Stern tragen, aber einen gelben. Ich habe Glück, hat Papa vor zwei Wochen gesagt, als er mich hergebracht hat zu Kerns. Die sind lieb, und ich glaube, ich hab es vor allem Emilie zu verdanken und ihrer Mutter, dass Herr Kern zugestimmt hat, mich zu verstecken. Zu essen und zu trinken gibt es genug, aber ein bisschen langweilig ist mir hier. Am Abend kommt Emilie manchmal zu mir hoch und bringt mir Bücher. Ich lese *Nesthäkchen* von Else Ury. Das ist meine Lieblingsautorin und auch die von Emilie. Ich habe ein Foto dabei von Mama und Papa und Elsa und mir. Von der Sommerfrische in Schiltach im Schwarzwald. Das war schön damals, und da war alles noch ein bisschen gut. Gute Nacht, liebes Tagebuch. Ich bin müde, obwohl ich den ganzen Tag nichts tue. Ich vermisse Seppel, und ich vermisse Mama und Papa. Und Elsa, aber die ist in England.«

Die nächsten drei Einträge waren von Ende Februar bis Anfang Mai und besagten alle, dass Leni gut versorgt wurde, dass sie sich langweilte, wenn Emilie nicht oben bei ihr war. Und dass sie sich nach ihrer Schwester und den Eltern und ihrem Dackelchen sehnte. Sie sprach auch von einem Jungen, Rudolf, der in Frankfurt gewohnt hatte, im gleichen Wohnhaus wie sie und ihre Eltern, und der sehr nett zu ihr gewesen war, obwohl er keinen gelben Stern hatte tragen müssen.

Auch Rudi fehlte ihr, sie hatten zusammen mit Seppel gespielt, und sie hoffte, dass Rudi »irgendwie auf Seppel aufpassen würde, wenn Mama und Papa wegmüssen«.

Gabriel Sutter hielt den Atem an. Ahnte das Kind, was geschehen würde? Nein, diese Leni war nicht taub und blind gewesen, und sie war vor allem nicht dumm und naiv. Und er beschloss, seiner Klasse diesen Eintrag vorzulesen und vielleicht auch die anderen Einträge. Nach und nach. In der nächsten Geschichtsstunde würde er damit anfangen. Oh, das war schon morgen.

Die nächsten beiden Einträge befassten sich mit dem, was Leni gelesen hatte. Sie schwärmte für Else Urys Nesthäkchen-Bücher, vor allem von *Nesthäkchen im Kinderheim*.

Gabriel Sutter aber wusste, dass diese Bestsellerautorin der Weimarer Republik und der 30er Jahre »deutscher als deutsch« gewesen war. Eine Jüdin, die patriotische Töne anschlug und in ihrer Jugendbuchheldin Nesthäkchen das deutsche Mädel par excellence dargestellt hatte. Die Tragik der erfolgreichen und beliebten Autorin Else Ury bestand darin, dass diese »urdeutsche« Schriftstellerin als alte Frau im Konzentrationslager hatte enden müssen. Ihr Ruhm, ihre Beliebtheit bei den deutschen Lesern, all das zählte in den Augen der Nazis nicht. Sie war Jüdin, basta, und als solche unerwünscht in der Volksgemeinschaft.

Gabriel Sutter stützte den Kopf in beide Hände.

Auch das wäre ein Thema für seine Klasse, überlegte er. Er war voller Pläne, voller Ideen für seinen Unterricht.

Einen Unterricht »wider das Vergessen«.

Sollten sie ihm doch die Reifen seines Autos zerstechen, sollten sie ihm doch anonyme Briefe und Schmähzettel in den Briefkasten werfen! Er würde nicht aufgeben. Ich dicker Don Quichote, schmunzelte er, und er dachte an den anderen nicht sehr mageren Don Quichote Friedrich Gontard, der bestimmt im Nachbarhaus jetzt gerade die Briefe von Emily Parkers Großmutter, Gertrud Grünewald las.

Und nun kam der letzte Eintrag:

»26. August 1942

Liebes Tagebuch,

ich glaube, ich muss dich bald verlassen. Wer weiß, wer einmal diese Zeilen lesen wird. Ich verstecke dich gut. Ich möchte Emilie nicht in Gefahr bringen, auch nicht ihre Familie. Sie sind so gut zu mir. Frau Kern macht mir jede Woche meine Lieblingsspeise, Dampfnudeln mit Vanillepudding.

Ich sehe aber die Angst in den Augen von Frau Kern, auch wenn sie versucht, fröhlich zu sein. Es ist die Angst, dass Nachbarn auf die Spur des versteckten Mädchens kommen könnten. Und das versteckte Mädchen bin ich. Leni Grünewald.

Doch ich bin ein deutsches Mädel, und ich war immer die Beste in Sport, bis sie mich aus dem Sportverein gejagt haben in Ludwigshafen. Und ich muss dir etwas anvertrauen, liebes Tagebuch: Ich hab ihn wiedergesehen, den schrecklichen Kerl, der unsere Wohnung in Ludwigshafen verwüstet hat, der unseren Vater geschlagen hat, der uns in der ›Kristallnacht‹ vor vier Jahren mit seinen Kumpanen in Angst und Schrecken versetzt hat. In Todesangst. ›Kristallnacht‹. Das Wort klirrt in meinen Ohren wie das Geschirr, wie die Gläser, die sie aus der Vitrine geholt und auf den Steinboden der Küche geschmissen haben. Ich hab ihn gesehen, als ich heute ganz in der Frühe auf den Schemel gestiegen bin, zur Dachluke rausgeguckt habe, ganz vorsichtig. Da ist er gestanden. Er war es, der Kerl von der ›Kristallnacht‹. Das brutale Gesicht werd ich nie vergessen. Und die Narbe auf der Stirn, das Feuermal oder wie man das nennt, auf seiner Stirn, flammendrot, so etwas vergisst man nicht.

Er hat hochgeschaut, und das Blut ist mir in den Adern erstarrt, ich glaube, er hat mich gesehen. Aber wie, wie kommt er hierher? Papa hat gesagt, sie haben vor vier Jahren Fremde angeheuert aus allen Ecken der Pfalz, Hitlerbuben und SA-Leute, um zu randalieren.«

Hier wies Lenis Tagebuch eine Zeichnung auf. Ein Kriminologe würde es ein Phantombild nennen. Ein Männergesicht, dunkle, glatte, gescheitelte Haare nach Art des »Führers«. Die Modefrisur der Hitlerzeit. Das Kinn war kantig, die Lippen fleischig dick, die Augen unter den dichten Brauen wirkten kalt. Sie waren mit einem hellblauen Buntstift gezeichnet. Wohl eher eine Karikatur? Aber ein Merkmal in diesem Jungmännergesicht stach besonders hervor: Mitten auf der Stirn des Konterfeis prangte ein Mal, eine Art Muttermal in der Form eines Sterns. Leni hatte diesen Stern knallrot angemalt. Die Röte zog sich noch ein wenig über die linke Gesichtshälfte hinunter.

Morgen muss ich unbedingt mit Emilie Kern sprechen, nahm Gabriel Sutter sich vor. Und mit Herrn Gontard. Und wir werden

… ja, wir werden tatsächlich nach all den Jahrzehnten den Verräter suchen. Aber ihn finden? Würde er noch leben? Die Täter und Zeitzeugen von damals, sie wurden immer rarer.

Seufzend legte Gabriel Sutter das Heftchen mit Leni Grünewalds Aufzeichnungen zur Seite. Mehr denn je fühlte er sich als Don Quichote, als einer, der gegen die Windmühlen der Vergangenheit anrannte.

Unter der Zeichnung entdeckte Gabriel Sutter in minikleiner Schrift folgenden Satz, den er fast übersehen hätte:

»Ich versuche, an meine Eltern zu schreiben, ihnen von dem Mann zu erzählen. Frau Kern wird den Brief zur Post bringen. Und ich werde beten: Lieber Gott, errette mich. Rette mich vor dem Mann mit dem roten Mal im Gesicht.«

Gabriel Sutter legte das Heft in seine Schulmappe.

Morgen, morgen würde er seiner Klasse das Heft zeigen, wenn auch nur vage davon sprechen. Er wollte nichts aufs Spiel setzen. Man musste vorsichtig sein.

Nein, vorlesen würde er nichts.

8. Kapitel | Karolin Schwinn

Karolin Schwinn wäre allein und ohne ihren Hund nicht gerne gejoggt. Sie war kein ängstlicher Teenager, aber ihre Klassenkameradinnen Verena und Larissa hatten ihr schon so einiges erzählt von irgendwelchen durchgeknallten Typen, die plötzlich hinter Büschen im Kurpark von Bad Bergzabern oder hier im Klingbachtal auftauchten und … naja … sich zeigten, in all ihrer männlichen Pracht. Eigentlich lächerlich, aber gruselig war es doch irgendwie. Vielleicht hatten Larissa und Verena nur angeben wollen. Sie waren ja dafür bekannt, gerne Horror-Stories zu erzählen. Aber es war doch ein sicheres Gefühl, so einen großen Hund neben sich zu haben, dazu noch pechschwarz und ein wenig gefährlich aussehend.

Dabei war ihr Hund, eine Labradormischung, das Gutmütigste, das man sich vorstellen konnte. Bilbo, der Straßenhund aus Kreta, war tatsächlich ein Lämmchen Kindern und Frauen gegenüber, aber voller Misstrauen gegenüber Männern, vor allem dann, wenn diese groß und von kräftiger Statur waren. Offenbar hatte er unter dieser Art von Mannsbildern besonders leiden müssen. Die Tierhilfestelle hatte die Auskunft erteilt, dass Bilbo teilweise angekettet war und sein Besitzer ihn malträtiert hatte. Karolin wollte sich nicht vorstellen, was ihr Hund alles hatte erdulden müssen.

Bilbo hatte bei seiner Adoption keinen Namen gehabt, und Karolin, die für alle Bücher von Tolkien schwärmte und selbst Fantasiegeschichten schrieb, hatte den namenlosen Hund nach dem Helden ihres Lieblingsbuchs *Der Hobbit* benannt. Hund Bilbo ähnelte zwar dem Anführer der Hobbits, Bilbo, kein bisschen, aber Karolin spürte doch gewisse Parallelen zwischen dem Vierbeiner und seinem literarischen Vorbild. Da war eine gewisse Gemütlichkeit, Behäbigkeit, Trägheit, die Karolin an beiden Bilbos so sehr mochte.

Das sehr hochgewachsene Mädchen Karolin mit dem blonden Pferdeschwanz setzte sich auf einen Baumstumpf, ein wenig außer Atem. Joggen war für sie kein Sport, der nach Rekorden verlangte. Joggen tat ihrer Seele gut, und besonders heute musste sie ihrer Seele etwas Gutes tun.

Die Mathearbeit war zurückgegeben worden, und die Mathelehrerin, die alte Hexe, hatte sich wieder einmal eine sarkastische Bemerkung nicht verkneifen können, als sie ihr die Arbeit mit der Note 5 hinwarf.

»Du kannst halt nicht logisch denken. Lange Haare, kurzer Sinn.«

Hinter ihr vernahm sie Björns Kommentar, der noch eins draufsetzte: »Blondine halt …«, gefolgt von seinem typischen Lachen voller Häme.

Gut, dass es noch andere Lehrer gab. Zum Beispiel Herrn Sutter, den Klassenlehrer, der so viel wusste und der das Fach Geschichte zu Karolins Lieblingsfach gemacht hatte. Ebenso wie Französisch. Herr Sutter unterrichtete beide Fächer in der 9d.

»Weiter geht's«, sagte sie zu Bilbo, der zum Klingbach hinuntergetrottet war, um Wasser zu trinken. Gemächlich kam er zurück und wich nicht mehr von ihrer Seite.

Karolin liebte diesen Teil des Klingbachtals mit seinen Trauerweiden, den Erlen und Pappeln, der kleinen Brücke mit ihren alten Steinen und dem Rundbogen, die vor dem Wäldchen in einer Kurve den Bach überspannte. Es war sehr warm geworden, ein heißer Sommer stand bevor, das hatten ihre Eltern gesagt. Ein Sommer mit Rekordhitze. Karolin zupfte ihr lila Stirnband zurecht, kniete kurz am Boden nieder, um sich den linken Turnschuh neu zu binden.

Ihre lila Shorts mit den weißen Tupfen sahen lustig aus, fand sie, auch das T-Shirt mit den weiß-lila Streifen und dem Nike-Symbol. Ein bisschen affig, fand sie, denn sie machte sich eigentlich nichts aus Markenklamotten wie die anderen in ihrer Klasse. Sie rappelte sich hoch. Bilbo, der treu und brav neben ihr gelegen war, tat es seiner Herrin gleich, wenn auch eher widerwillig. Gerne wäre er so in der Sonne gelegen, denn Sonne war er ja von Kreta gewohnt.

Karolin dachte beim Weiterjoggen über die Geschichtsstunde nach, die auf die schreckliche Mathestunde gefolgt war. Oft hing Karolin beim Joggen ihren Gedanken nach, sie erfand Geschichten, Fantasiegeschichten, während sie so dahinflog, Leichtigkeit verspürte und merkte, wie die Bewegung ihrem Körper, mehr noch ihrer Seele, guttat.

Doch heute erfand sie keine Story aus Fantasialand oder aus Arkadia oder Eldorado, den Ländern, die sie erfunden hatte und die sie mit Elfen, Hobbits und fliegenden Drachen bevölkerte. Ihre Gedanken gingen zu Herrn Sutters Geschichtsstunde. Zu seinem Bericht von wahren Geschichten. Geschichten aus der »braunen Ära«, wie er es nannte, aus der Hitlerzeit.

Die braune Ära stand auf dem Lehrplan für Geschichte in der 9. Klasse.

»Gut, dass ich damals noch nicht gelebt habe«, sagte Herr Sutter der Klasse. Karolin war erstaunt, denn sie hätte es Herrn Sutter zugetraut, damals schon gelebt zu haben. Er wirkte irgendwie ziemlich alt, aber alle mochten ihn, weil man ihm anmerkte, dass auch er die Klasse mochte. Dass er jeden Einzelnen akzeptierte, wie er war. Sogar Björn Möckel, dessen fieser Charakter immer wieder durchkam, hielt sich einigermaßen zurück in Herrn Sutters Unterrichtsstunden. Herr Sutter hatte heute Morgen von einem jüdischen Mädchen erzählt, das genauso alt war wie die Kinder der Klasse 9d und das mit dem allerletzten Kindertransport nach England gebracht werden konnte, dem letzten Zug.

In der letzten Stunde hatte Herr Sutter erklärt, was es mit den Kindertransporten auf sich hatte, darum wussten alle, dass diese Transporte in den Jahren 1938 und 1939 zur Rettung jüdischer Kinder und Jugendlicher organisiert worden waren. Er hatte ihnen von der sogenannten Kristallnacht erzählt. Damals waren jüdische Geschäfte, Häuser und Synagogen zerstört worden. Man hatte jüdische Bürger, vor allem die Männer, misshandelt und in Lager wie zum Beispiel Dachau bei München verschleppt und zum Teil gefoltert und getötet, lange bevor der eigentliche Holocaust begann. Und viele jüdische Eltern versuchten, ihre Kinder in Sicherheit zu bringen. Und da gab es eine Möglichkeit, Kinder in einige Nachbarländer zu schicken, unter anderem nach England. Karolin stellte sich vor, während sie in ihrem gewohnten Joggingtempo am Klingbach entlanglief, wie es gewesen wäre, wenn sie selbst diese Elsa Grünewald gewesen wäre. Herr Sutter erzählte von Leni, Elsas kleiner Schwester, die abgewiesen wurde, weil sie zu jung für den Kindertransport war, außerdem gab es eine Regelung, dass nur ein einziges Kind einer Familie, meist das älteste, nach England ausreisen durfte. Karolin hatte schlucken müssen, als Herr Sutter der Klasse weiter berichtete, dass Leni zusammen mit ihren Eltern in Polen umgekommen war. Ermordet in einem Vernichtungslager.

Karolin, die, zumal nach der schrecklichen Mathestunde, ein wenig »nahe am Wasser gebaut« hatte, musste ihre ganze Kraft aufbringen, um während Herrn Sutters Bericht nicht loszuheulen. Björn Möckel hinter ihr lag schon auf der Lauer und wartete nur darauf, sie als Heulsuse bloßzustellen. Sie zwickte sich in den Unterarm, um sich dazu zu zwingen, »cool« zu bleiben.

Björn hatte immer mal wieder abfällige Bemerkungen gemacht und Tatsachen als »Lügenmärchen« hingestellt, Herrn Sutter provozierende Fragen gestellt, woher er denn all diese Geschichten kenne, aber Herr Sutter hatte ihn höflich aber bestimmt abblitzen lassen.

»Vielleicht wird in einer der nächsten Geschichtsstunden eine Engländerin hier sein. Sie ist die Tochter von Elsa Grünewald, und sie heißt Emily Parker.«

Mehr konnte Herr Sutter nicht erklären, denn es klingelte zum Unterrichtsende.

Alle drängten hinaus, denn für die zwei letzten Schulstunden musste die Klasse in die Turnhalle überwechseln. Karolin hatte absichtlich ein wenig getrödelt, und als alle den Raum verlassen hatten, ging sie zu Herrn Sutter zum Pult vor, der den behandelten Stoff der Stunde ins Klassenbuch eintrug und gerade dabei war, sich seine Schultasche zu schnappen.

»Das mit Leni ist ein wenig wie Anne Frank. Ich hab ihr Tagebuch gelesen vor ein paar Wochen.«

Herr Sutter schaute sie erfreut an. Lehrer freuten sich über interessierte Schüler, das wusste Karolin, aber sie wusste auch, dass man sich in Acht nehmen musste, um bei den andern nicht als Streber oder Schleimer dazustehen.

Sie fragte: »Sind Leni und ihre Eltern eigentlich auch verraten worden? Wie Anne Frank?«

Erstaunt, ja fast erschrocken blickte Herr Sutter hoch, während er seinen Kuli ins vordere Fach seiner Schultasche steckte. »Eine gute Frage, Karolin, aber ehrlich, das wollen wir gerade herausfinden.« Er schaute auf seine Armbanduhr. »Oh, jetzt muss ich aber weiter. Französisch-LK in der 12, und ich muss noch eine Kassette einlegen. Wir gucken *Au revoir, les enfants.* Auch was zu unserem Thema. Da wird auch ein jüdisches Kind verraten. Ein Junge in dem Fall. Und du musst dich ja auch beeilen. Sportstunde, oder? Mehr zu Leni und Elsa in der nächsten Geschichtsstunde.«

Sie war auf übermorgen gespannt, wenn vielleicht der englische Gast mit zum Unterricht käme. Elsa Grünewalds Tochter. Wie hieß sie nochmal? Emily Parker, hatte Herr Sutter gesagt.

Die geheimnisvollen Worte ihres Lehrers gingen ihr durch den Kopf. »Das wollen wir herausfinden.« Herausfinden, ob Elsas kleine Schwester verraten worden war? Er hatte »wir« gesagt. Wer waren »wir«?

Herr Sutter wohnte allein, das war bekannt. Ein Single, er hatte es selbst einmal gesagt. »Ich bin einer von diesen modernen ›Singles‹.« Naja, abwarten, dachte die Joggerin.

Eine kleine, etwas rundliche Frau mit einem ebenso kleinen,

rundlichen Hund kam des Weges, und Bilbo und der kleine Rundling beschnupperten sich freundlich.

Doch so recht war Bilbo nicht nach Spielen zumute, er wollte lieber weiterziehen, zumal Karolin, die der Frau zunickte, ebenso begierig darauf war, weiterzulaufen.

Plötzlich blieb Bilbo stehen. Sein Fell sträubte sich, er knurrte und fletschte die Zähne, gab bedrohliche Laute von sich. Ihr gemütlicher Hobbit war zu einem gefährlichen Ungeheuer mutiert.

Ein junger Mann war vor dem Wäldchen aufgetaucht.

Er war kräftig, fast hünenhaft groß, dunkelhaarig. Er trug sportliche Kleidung, Jeans, Turnschuhe und eine dunkelgrüne Kapuzenjacke, aber er war kein Jogger. Die Hände in die Jackentasche vergraben, näherte er sich mit unbeteiligter Miene dem Mädchen und dem Hund, bog aber kurz vor der alten Brücke links in einen Feldweg ab. Gut, dass Karolin ihren Hund rechtzeitig fest am Halsband gegriffen hatte. Als er merkte, dass der Mann ohne Interesse war, seiner Herrin etwas anzutun und sich entfernte, legten sich Bilbos gesträubte Nackenhaare, er verstummte und folgte seiner Herrin, die aus der Tasche ihrer Shorts ein Leckerli hervorholte und es dem nun wieder ruhigen Hund zusteckte.

Dann führte Karolin ihren Hund zum Klingbach runter, wo er gierig Wasser schlürfte.

Sie selbst war auch durstig geworden. Sie hatte vergessen, sich wie sonst üblich ihre Trinkflasche mitzunehmen, und sie beschloss, heute ausnahmsweise die »kleine Joggingrunde« zu machen. Den Pfad zum Wald hin, dann nicht tief hinein in das Waldstück zu laufen, sondern am Hochsitz und der Bank davor die Abkürzung ins Dorf hinunter zu nehmen. Sie war seltsam müde, das kam auch von der Hitze. Zuhause würde sie noch die Verbesserung der fatalen Mathearbeit machen müssen. Die alte Mathehexe kontrollierte die Berichtigungen und benotete sie auch noch zu allem Elend nach Ordentlichkeit und Sauberkeit.

Karolin seufzte und trabte weiter.

Sie erschrak, als sie einen kleingewachsenen, älteren Mann sah, der über die Brücke ging und ein wenig glotzend zu ihr herübersah. Er war auffallend dünn, trug eine Brille und schien sie zu mustern, was sie mit einer Gänsehaut registrierte. Doch dann sah er weg, ging weiter, dem Dorf zu, und Bilbo war seltsam ruhig geblieben. Er hatte nur ein klein wenig geknurrt, sich dann aber bald beruhigt. Er war von großen, hünenhaften Männern malträtiert worden, kleine Männer machten ihn nicht ängstlich.

Da vorne ragte auch schon der Hochsitz hervor. Beim Näherkommen bemerkte sie, dass Bilbo schon wieder unruhig wurde, stehenblieb. Zähnefletschen, Knurren, Sträuben des schwarzen Fells. Nein, nicht schon wieder ein Mann, dachte Karolin.

Auf der Bank vor dem Hochsitz erblickte sie eine Gestalt, unverkennbar eine Männergestalt. Karolin erschrak. Unheimlich, die Gestalt bewegte sich nicht, hatte etwas Lauerndes in ihrer Starre. Ob das solch einer von den perversen Spannern oder Exhibitionisten war, von denen Larissa und Verena erzählt hatten?

Sei kein Angsthase, sagte sich das Mädchen. Du hast einen Beschützer bei dir. Im Notfall lasse ich Bilbo von der Leine. Weiterjoggen, als sei nichts, bleib cool, befahl sie sich. Bleib cool, bleib cool, hieß das Mantra.

Die Männergestalt saß mit dem Rücken zu der Joggerin und ihrem Hund weiterhin ruhig auf der Bank, der Kopf war nach vorne geneigt.

Der Mann schläft oder er liest ein Buch. Ein harmloser älterer Mann, dachte Karolin, aber Bilbo musste festgehalten werden. Er gab keine Ruhe und zog und zerrte an der Leine und hörte mit dem Bellen nicht auf. Den Mann kenne ich, dachte Karolin beim Näherkommen. Das ist doch der Herr Sutter.

Die dunkelblaue Cordjacke hatte er auch heute Morgen in der Schule angehabt.

»Ruhig, Bilbo, das ist ein freundlicher Mann. Der tut uns nichts.«

Die sanfte Stimme des Mädchens zeigte Wirkung, doch nur für

kurze Zeit. Irgendetwas schien den Hund an dem Mann auf der Bank zu stören. Er sprang am Rücksitz der Bank hoch, stupste den Mann, und die vornübergebeugte Gestalt fiel langsam, fast im Zeitlupentempo, in den dichten hohen Farn, der mächtig wuchernd eine große Fläche bedeckte. Nun gab es für den Vierbeiner keinen Halt mehr. Das war kein Knurren wie bei einem gefährlichen Gegner, sondern ein Winseln und Heulen.

Der Mann im Farnkraut war kein Feind, kein Gegner. Er war tot und musste beklagt werden. Seltsame Gedanken gingen im Kopf des Mädchens umher. Vielleicht ist er gar nicht tot, sondern er schläft nur, ist vielleicht ohnmächtig geworden. Männer können doch bestimmt auch ohnmächtig werden, nicht nur vornehme Damen im Roman. Doch dann sah das Mädchen die dunkelvioletten Male am Hals des Mannes und sie wusste, dass er nicht nur tot war, sondern dass ihn jemand erwürgt hatte.

Nun werden wir nie erfahren, ob Leni verraten wurde damals. Und wenn, von wem. Denn unser Lehrer liegt ja hier ermordet im Wald. Karolin nahm ihren Hund, der nicht von dem Toten weichen wollte, ganz fest am Halsband und zerrte ihn mit aller Kraft weg, rannte, rannte, rannte, bis sie an dem Bungalow ihrer Eltern ankam, der am Ende des Dorfes lag, gegenüber der kleinen Kapelle.

Sie erblickte ihre Mutter, die auf der Terrasse stand und die großen Oleander goss.

Niemand würde ihr glauben, wenn sie von dem Toten erzählen würde, der dazu noch ihr Lehrer war, denn wer glaubt schon einer, die Fantasy-Stories schreibt?

Wie knallrosa die Oleander sind, dachte sie, bevor sie ohnmächtig auf den Terrassenstufen umsank. Nur Bilbos Winseln drang noch an ihr Ohr, und sie fühlte, wie er ihr unter kläglichem Gewinsel die Hände leckte.

Nun werde ich tatsächlich ohnmächtig wie diese uncoolen Tussis aus den alten Romanen, dachte sie, bevor sie in einen tiefen Schlaf versank.

9. Kapitel | Tatort

Anna Gontard genoss die Tasse Nachmittagstee, die sie sich gerade aufgebrüht hatte. Die Kinder tobten mit ihrem Opa und Hund Oscar draußen im Garten. Ein Jubelschrei kam von Fredi, und Anna nahm an, dass er beim Dartspiel mal wieder gewonnen hatte. Ganz legal.

Lilli würde heute Abend von der Klassenfahrt zurück sein. Vorzeitig abgebrochen! Lilli wollte sich nicht näher über die Gründe äußern. Sie hatte am Telefon sehr erschöpft geklungen. Es habe einen Vorfall gegeben.

»Aber macht euch bitte keine Sorgen«, hatte sie gesagt und dann schnell aufgelegt.

Anna musterte ihre große Henkeltasse, die sie Lilli zu Weihnachten geschenkt hatte. Es war eine witzige Tasse mit Aufdrucken von berühmten Anfangssätzen aus der Literatur. Auf der Unterseite befand sich die Auflösung der Zitate.

»Glückliche Familien sind alle gleich, aber jede unglückliche Familie ist auf ihre eigene Art unglücklich.«

Oh, woher kenne ich das Zitat, rätselte Anna. Ich muss passen. Sie hatte gerade ihre Tasse leergetrunken und konnte so die Auflösung des Rätsels auf der Unterseite nachschauen. Klar, Tolstoi war das. Der erste Satz von *Anna Karenina*. Oh, aber das hier kenne ich, dachte Anna: »All this happened, more or less.« All dies ist wirklich passiert, mehr oder weniger.

Das ist aus *Slaughterhouse Five*. Von Kurt Vonnegut. Der ist doch gerade erst gestorben. Die Nachricht kam vorgestern im Autoradio. Ein guter Schriftsteller. Sie wollte sich gerade noch eine Tasse Tee eingießen, als ihr Mann eintrat und sagte:

»So, ich richte unser Abendessen, und dann kommt ja auch

schon bald Lilli, warum auch immer, früher als geplant vom Landheim zurück. Ich glaube, es ist besser, wir warten ab, was sie zu erzählen hat. Und später, viel später, wollte ich zu Gabriel Sutter rübergehen. Ich nehme an, Lilli wird nicht darauf bestehen, die Klassenfahrt bis in die Puppen mit uns zu bereden.«

»Das hoffst du, mein Lieber, weil du darauf brennst zu erfahren, was da im Heftchen von Leni Grünewald zu lesen war.«

Friedrich Gontard wollte etwas darauf antworten, aber er kam nicht dazu. Ein Polizeiauto fuhr vor, und es wurde geklingelt. Ein Polizist in Uniform stand vor der Tür.

»Herr Gontard, entschuldigen Sie die Störung, aber es gibt einen Notfall. Man hat uns benachrichtigt, dass Sie hier im Ort sind. Bis Ihr amtierender Kollege von der Kripo Ludwigshafen eintrifft, sollen Sie sich der Sache annehmen.«

»Welcher Sache?« Gontard war konsterniert, zumal er sich nicht denken konnte, dass er in Niederzell bekannt war, noch dazu in seinem Status als ehemaliger Chef der Kripo Ludwigshafen.

»Ein Toter im Wald,« kam die Antwort. »Eine Joggerin hat ihn gefunden. Die Mutter des Mädchens hat uns Ihren Namen genannt, Herr Gontard.«

»Ihr müsst leider ohne mich auskommen nachher beim Vorlesen, ihr zwei«, sagte Friedrich Gontard zu Fredi und Lotta, die gerade die Treppe herunterkamen. Sie hatten zum Glück nichts von dem »Toten im Wald« gehört, schauten aber den Polizeibeamten neugierig an.

»Das Vorlesen wird nachgeholt. Und stellt euch vor, eure Mama kommt sogar schon heute Abend nachhause, und ihr dürft ausnahmsweise ein bisschen länger aufbleiben.«

Der Jubel der Kinder war riesengroß. Doch Annas Stirnrunzeln zeigte, dass sie nicht begeistert war von der großzügigen Idee des länger Aufbleibens.

»Erkläre den Kindern bitte, dass es sich um einen Notfall handelt, Anna, und dass ihr Großvater dringend gebraucht wird.«

Die Ereignisse schienen sich zu überstürzen: Zuerst die Meldung von Lillis vorzeitiger Heimkehr und dann noch dieser plötzliche Notfall. Anna wollte ihrem Mann noch etwas nachrufen, aber er war dem uniformierten Polizisten schon gefolgt und stieg gerade ins Polizeiauto ein.

10. Kapitel | Die Reise der Kinder

England, im August 1939

Der Zug fuhr durch die Nacht, ratternd und laut.

Elsa Grünewald blickte ihr Ebenbild im Zugfenster an.

Wer war dieses Mädchen mit den übergroßen Augen, dem schlanken Hals, dem müden Gesicht, den Haaren, die hochgesteckt waren, die jedoch zerzaust wirkten, nicht ordentlich wie sonst.

Nichts war mehr »ordentlich«, alles schien aus den Fugen geraten zu sein, nicht nur ihre Frisur. Sie sollte sich kämmen. Doch wozu? Ihre Bürste war im Köfferchen im Gepäcknetz über ihr. Handspiegel, Bürste, ein paar Kleider, ein wenig Geld. Das für ein 15-jähriges Mädchen Nötigste an Hygieneartikeln, 10 Reichsmark, mehr hatte sie nicht mitnehmen dürfen.

Ihre Hand ging nach oben. Nein, wozu sich die Haare bürsten, von denen Peter gesagt hatte, dass es die schönsten Haare waren, die ein Mädchen haben konnte. Peter, der ihr den ersten Kuss gegeben hatte, als sie heimlich zum Schwimmen gingen, obwohl es verboten war.

Bevor man sie wegschickte. Ja, wegschickte. Ein brennendes Gefühl von Bitterkeit stieg in Elsa hoch. Warum musste sie all das verlassen: ihre geliebte Ludwigshafener Parkinsel mit ihren schattigen Bäumen, dem Ufer am Rhein, das klare Wasser, in das sie so gerne eintauchte, hinüberschwamm.

Warum musste sie ihre schöne Wohnung in der Pfalzgrafenstraße verlassen? Peter, der ein Jahr älter war als sie und der ihr Hölderlingedichte vorgelesen hatte, deren Schönheit sie erfasste, ohne dass sie den Sinn immer im Kleinsten verstand.

An ein Gedicht erinnerte sie sich besonders gerne:

»Hälfte des Lebens«:

»Mit gelben Birnen hänget und voll mit wilden Rosen das Land in den See …«

Die letzten Zeilen würde sie nie vergessen:

»Weh mir, wo nehm ich, wenn es Winter ist, die Blumen und wo den Sonnenschein und Schatten der Erde? Die Mauern stehn sprachlos und kalt. Im Winde klirren die Fahnen«.

Für mich, dachte Elsa, hat mitten im Sommer der Winter begonnen. Im August musste ich mein Köfferchen packen, und von Peter konnte ich mich nicht mehr verabschieden. Aber sein erschrockenes Gesicht werde ich nie vergessen, als er vom Fenster gegenüber zur Straße hinausschaute, als ich mit Mama, Papa, Leni und Dackel Seppel aus dem Haus kam, in die Straßenbahn einstieg. Nach Mannheim zum Hauptbahnhof hieß es, schnell, wir müssen uns beeilen. Es ist der allerletzte Kindertransport, die letzte Möglichkeit, nach England auszureisen. In Mannheim, erinnerte sich Elsa, durften die Eltern, Leni und Seppel nicht mit zum Bahnsteig kommen. Leni hatte bitterlich geweint, Mama und Papa standen die Tränen in den Augen. Der kleine Hund jaulte, als Elsa ihn noch einmal hochnahm.

»Es ist nur für kurze Zeit«, sagte Mama mit nicht sehr fester Stimme. Vater schaute weg. Leni drückte mir ihr Bärchen in die Hand, das Steifftier, das sie so sehr liebte. Es war ganz abgeschabt vom vielen Drücken und Knuddeln. Elsa versuchte, die Gedanken an den Abschied auf dem Mannheimer Hauptbahnhof zu verdrängen, aber das Bild stand immer wieder vor ihren Augen. Die Eltern, die kleine Schwester und der Hund, die wie angewurzelt dastanden, immer kleiner wurden.

Nun würden sie bald in London ankommen. Wie hieß der Bahnhof noch einmal? Liverpool Street Station. Da kamen die meisten Züge aus Deutschland an. Die Züge mit den geretteten Kindern. Gerettet wovor?

Elsa ahnte, wie die Antwort hieß, doch die Bitterkeit in ihrem

Herzen gewann die Oberhand. Leni durfte bleiben, Leni das Nesthäkchen, Leni, die mehr geliebt wurde von den Eltern als sie selbst.

»Nesthäkchen«, ach ja, da war doch das Buch, das sie hatte mitnehmen dürfen in dem kleinen, viel zu kleinen Koffer. Besser gesagt, welches sie hineingeschmuggelt hatte. *Nesthäkchens Backfischzeit.* Sie hatte es zur Hälfte gelesen und viel gelacht über die Einfälle der Autorin Else Ury, die das kesse Berliner Mädel Annemarie Braun viele tolle Abenteuer bestehen ließ zusammen mit ihren Freundinnen Vera, Margot, Marianne und Marlene, die der strengen, schrulligen Oberlehrerin Fräulein Neubert so manchen Streich spielten. Ach, wie das Nesthäkchen Annemarie fühlte sich Elsa so oft, und gerne hätte sie noch den Folgeband der Nesthäkchen-Reihe mitgenommen. Den Band *Nesthäkchen fliegt aus dem Nest.*

Ja, auch sie flog nun aus dem warmen Nest in der Pfalzgrafenstraße in Ludwigshafen, sie, Elsa Grünewald, aber sie kam sich nicht wie ein Vogel vor, der sich frei in die Lüfte schwingt, sondern wie einer, der aus dem Nest geworfen wird, schwach und ungeliebt.

Nein, sagte etwas in Elsa, du musst aufhören mit diesem Selbstmitleid. Und vielleicht ist diese Reise tatsächlich ja eine Rettung. Doch ihr Herz zog sich in Furcht vor dem Unbekannten zusammen.

Die Kinder im Abteil schliefen noch alle, sie war eins der älteren Kinder. Einige sehr kleine waren darunter, und sie war froh, dass sie noch schliefen, denn sonst hätten sie geweint und nach ihren Eltern und Geschwistern gefragt. Es war der Schlaf der Erschöpfung nach den Strapazen dieser Reise ins Ungewisse.

Es wurde langsam hell, und Elsa erkannte in der Ferne die Umrisse eines Schlosses, eines Herrensitzes.

Ach, Little Lord Fauntleroy fiel ihr ein und das Schloss Dorincourt, wo Cedric, der kleine Lord, nach und nach die Zuneigung seines griesgrämigen Großvaters gewinnt. Dieses Buch von Francis

Hodgson Burnett hatte zu Elsas Lieblingsbüchern gehört, als sie noch etwas jünger war. Elsa Grünewald, der Backfisch, wäre ein wenig eingenickt, hätte nicht der kleine Walter neben ihr, erst fünf Jahre alt, im Schlaf geweint. Sie legte ihren Arm um ihn, streichelte seine noch etwas pummeligen Hände, und so schlief er weiter.

Der Zug fuhr ratternd und laut in den Bahnhof ein. Die Kinder schreckten hoch. Die Begleiterinnen des Kindertransports kamen in die Abteile, um den verstörten jungen Menschen zu helfen, ihr weniges Gepäck zu ergreifen und auszusteigen.

Liverpool Street Station. Endstation, dachte Elsa Grünewald. Sie nahm den kleinen Walter bei der Hand, der einen Rucksack trug und sein Äffchen umklammert hielt.

Der hässlichste Bahnhof der Welt muss dies sein, dachte Elsa. Alles hier schien schwarz vor Ruß, und vor lauter Dampf erkannte man nur Umrisse. Ein Höllenlärm machte es unmöglich, sich verständlich zu machen.

Ein Stimmengewirr, die babylonische Sprachverwirrung brach über Elsa herein. Sie, die im Englischen immer eine gute Note gehabt hatte, verstand … nichts.

Namen wurden verlesen, Kinder aufgerufen. Wie durch Watte hindurch vernahm Elsa ihren eigenen Namen und den englischen Namen Harrison. Ja, eine Familie Harrison würde sie aufnehmen, Familie Harrison aus Edmonton, North London. Eine schlanke, irgendwie very British aussehende Frau mittleren Alters streckte Elsa die Arme entgegen, und nun verstand Elsa zum ersten Mal ein paar englische Worte: »Welcome in England, my dear.«

Und sie ließ sich ihr Köfferchen aus der Hand nehmen von dem freundlichen Herrn neben Mrs. Harrison, der wohl Mr. Harrison war. Und Elsa schaute weg, denn es wäre ihr peinlich gewesen, wenn dieses englische Paar ihre Tränen gesehen hätte. Sie erinnerte sich an die Worte ihrer Englischlehrerin, Berta Grossmann, die alle nur die Tse-Tse-Fliege nannten, weil sie wie dieses Insekt die Schlafkrankheit in ihrem Unterricht verbreitete. »Alle Engländer sind kalt und abweisend«, hatte sie ihren Schülerinnen beigebracht. »Es ist in England ein Zeichen der Schwäche, wenn man Gefühle zeigt. Keep a stiff upper lip, nennen sie es. Also, wenn ihr irgendwann mal Engländer treffen solltet: Denkt daran. Und gebt euch keine Blöße, Mädels. Das verbindet uns übrigens ein bisschen mit den Engländern«, hatte die Grossmann mit scheelen Blicken auf Elsa Grünewald einmal gesagt.

»Hart wie Kruppstahl. Keine Sentimentalitäten. Wir Deutschen und die Engländer gehören nun mal zur Herrenrasse. Wir sind nämlich Arier.«

Mrs. Harrison sagte: »Just call me Phyllis or better, Phyl, my dear.«

Und sie ergriff Elsas Hand und führte sie hinaus aus dem hässlichsten Bahnhof der Welt, hinaus aus dem Pandämonium der 1000 Stimmen, hinaus aus dem Bahnhof, der schwarz war und stank wie die Hölle.

Mr. Harrison, der Elsas Köfferchen trug, bahnte ihnen den Weg frei. Er drehte sich zu dem Mädchen um:

»And I am Cyril. Welcome in England, dear.«

Durch die dunklen Regenwolken hindurch fiel ein heller Lichtstrahl auf die Dreiergruppe, die auf eins der vielen großen schwarzen eckigen Taxis zusteuerte, die vor dem Bahnhof parkten.

Und Elsa musste ein klein wenig lächeln, wenn sie an ihre Englischlehrerin Berta Grossmann dachte, die ihre Klasse so prächtig auf die »gefühlskalten« Engländer vorbereitet hatte.

11. Kapitel | Bettina Sonnendecker

Bevor sie losfahren konnten, stieg Friedrich Gontard schnell noch einmal aus und ging hinüber zum Haus von Gabriel Sutter, denn er musste ihm ja Bescheid geben, dass er nun nicht wie verabredet mit ihm über Lenis Tagebuch und Gertrud Grünewalds Briefe würde reden können.

Nach wiederholtem Klingeln öffnete jedoch niemand, und Gontard verließ unverrichteter Dinge das Grundstück.

Kopfschüttelnd stieg er ins Auto des jungen Polizisten ein, der sich als Frank Zinsmeister vorstellte.

»Wer hat Ihnen von mir erzählt, Herr Kollege?«, wollte Friedrich Gontard wissen. Das tat dem jungen Polizeibeamten sichtlich gut, dass ein pensionierter und offenbar immer noch renommierter Kripochef ihn mit »Herr Kollege« titulierte.

»Niederzell ist ein Dorf, und die Buschtrommeln funktionieren bestens«, antwortete er. »Wir wurden von einer Frau Schwinn informiert, aber woher sie Ihren Namen kennt, kann ich Ihnen nicht sagen. Wir werden es erfahren, wenn wir ihre Tochter verhören.«

»Wieso ihre Tochter?«

»Das Mädchen hat den Toten gefunden, ist zuhause bei ihren Eltern, und der Hausarzt ist bei ihr. Sie hat einen schlimmen Schock, wie es scheint. Ich kenne Karolin Schwinn vom Sehen. Sie joggt regelmäßig, ein sehr sportliches Mädchen. Und dabei hat sie …. ihn … entdeckt.«

Bevor Gontard fragen konnte, ob der Tote schon identifiziert sei, waren sie am Klingbach entlang dem Wäldchen gefahren und am Tatort angekommen.

An einem Feldweg mussten sie abbiegen und hielten nun an einem Hochsitz an, in dessen Nähe sich eine Bank befand. Die

Stelle war von hohem Farnkraut und Digitalis völlig überwuchert.

Der Kollege des Dorfpolizisten hatte den Tatort bereits notdürftig abgesperrt.

»Gerhard Bohlender«, stellte sich der korpulente Mann mittleren Alters vor.

»Ich hab den Toten nicht angerührt.«

Friedrich Gontard näherte sich der Stelle vor der Bank und drehte den Toten, der mit dem Gesicht nach unten im hohen Farnkraut lag, vorsichtig um. Selten war Gontard an einem Tatort so erschrocken und verblüfft gewesen wie beim Anblick dieses Toten.

»Das ist doch nicht möglich. Gabriel Sutter?«, stammelte er.

»Sie kennen ihn?«, fragte Frank Zinsmeister.

»Ja, er ist der Nachbar meiner Tochter Lilli Tavernier. Wir waren … wir waren eigentlich in seinem Haus verabredet.«

»Ja, Frau Schwinn hat den Namen Gabriel Sutter genannt, und dass ihre Tochter seine Schülerin ist … war, aber der Name hat mir nichts gesagt.«

»Gabriel Sutter wohnt erst seit kurzer Zeit hier in Niederzell.«

In Friedrich Gontards Kopf überschlugen sich die Gedanken. Die Würgemale am Hals des Toten ließen keine Zweifel darüber aufkommen, dass es sich um ein Verbrechen handelte. Wer trachtete dem Lehrer nach dem Leben und warum? Er hatte Feinde, ja, hatte er es nicht angedeutet? Menschen, die ganz und gar nicht damit einverstanden waren, dass dieser Geschichtslehrer allzu eifrig in der deutschen braunen Vergangenheit herumstocherte. Dem man anonyme Briefe schickte und die Autoreifen zerstach, weil er sich mit den Verbrechen der Nazizeit befasste. Dem man zu verstehen gab, besser zu schweigen und dem man drohte, ihn andernfalls zum Schweigen zu bringen.

»Ich hab die Stelle um den Toten abgesucht, während ich hier allein am Tatort war«, sagte auf einmal Gerhard Bohlender. Er kramte in seiner Uniformtasche.

»Und ich hab dies hier gefunden. Einen Zettel.«

Er übereichte das Papier nicht seinem direkten Vorgesetzten, Frank Zinsmeister, sondern Friedrich Gontard.

Es war ein etwas zerknittertes Stück Papier, doch die Schrift war akkurat und ordentlich:

»Um 15 Uhr an der Bank am Hochsitz im Wäldchen am Klingbach. Ich habe eine interessante Info für Sie in Sachen Grünewald.«

Keine Unterschrift, ein anonymes Schreiben.

Wie gutgläubig musste Gabriel Sutter gewesen sein. Oder wie sehr war er beseelt von seiner Mission, als Don Quichote gegen Windmühlen anzukämpfen. Ein verjährtes Verbrechen aufzuklären. Einen Cold Case, so hatte es Emily Parker doch genannt. Der Geschichtslehrer und seine Mission, oder sollte man es lieber als Obsession bezeichnen, was den Geschichtslehrer dazu bewogen hatte, entgegen jeglicher Vernunft einem dubiosen anonymen Schreiben Folge zu leisten?

Das laute Geräusch eines bremsenden Jeep riss den lange pensionierten Kripochef aus seinen Gedanken.

Vier Leute entstiegen dem Geländewagen: drei Männer und eine Frau. Die drei Männer waren im geübten Auge von Friedrich Gontard sofort als Mitglieder der Spurensicherung zu erkennen, denn sie machten sich ohne große Umschweife und Erklärungen gleich ans Werk, unterstützt von den beiden Dorfpolizisten Bohlender und Zinsmeister.

Die weibliche Person kam gleich auf Friedrich Gontard zugeeilt, und von weitem rief sie schon:

»Sie müssen Herr Gontard sein, dem Alter nach, oder?« Sie lachte, und Gontard antwortete kurz:

»Ja, die Grufties erkennt man schon aus der Ferne, oder?«

Nun war die Frau nähergekommen, und sie entschuldigte sich: »Ich wollte Ihnen nicht zu nahetreten, aber im Präsidium in Ludwigshafen hat man mir gesagt, ein älterer ehemaliger Kripochef sei mal schon vor Ort und dieser Kripochef hieße Friedrich Gontard.

Naja, man kennt Sie halt bei uns im Polizeipräsidium, auch noch nach 100 Jahren oder so.«

»Nicht ganz, aber nach 18 Jahren. Und ich nehme an, Sie sind die Nachfolgerin von Manfred Berberich?«

Als habe sie den Namen nicht verstanden, sagte die junge Frau: »Entschuldigung, ich habe mich noch nicht vorgestellt. Bettina Sonnendecker, Hauptkommissarin der Kripo Ludwigshafen. Wo ist ER? Das Opfer ist doch ein Mann, oder? Obwohl dies ja ein passendes Ambiente für einen Sexualmord an einer Frau, einem Mädchen ... wäre. Ein Mann? Dann geht es ja noch. Nicht ganz so schrecklich.«

Hauptkommissarin Sonnendecker lachte wie über einen gelungenen Witz.

Die Männer am Tatort schauten sich betreten an. Friedrich Gontard kam nun erst dazu, die junge Kommissarin, die Nachfolgerin von Manfred Berberich, der ihn selbst vor 18 Jahren als Kripochef abgelöst hatte, in Augenschein zu nehmen. Die Hauptkommissarin war noch ziemlich jung. Gontard schätzte sie auf Ende 30, etwas älter als seine Tochter Lilli. Sie war sehr groß, und mit ihren roten Locken und der sehr weiblichen Figur war sie das, was man einen Blickfang nennen konnte. Sie war geschminkt und ausgesprochen sportlich gekleidet. Enge schwarze Jeans, eine weite Bluse in sommerlich hellen Farben, gelb und orange, und in schwarzen Sneakers. Ein Amulett in Übergröße schmückte ihren Hals. Es war das Yin-und-Yang-Symbol in gold. Ach, eine Astralanhängerin, ging es durch Gontards Kopf. So nennt man doch esoterisch angehauchte Leute?

Er mochte sich täuschen. Ein wenig feministisch angehaucht erschien ihm die junge Frau allerdings, ihren Bemerkungen von vorhin nach zu schließen.

Egal. Sie wirkte erfrischend und unverstellt und ehrlich. Direkt, vielleicht ein wenig zu direkt und flapsig für seinen Geschmack.

Die temperamentvolle junge Frau wirbelte nun am Tatort umher, fragte die beiden Dorfpolizisten nach dem bisherigen Stand der Dinge, wandte sich an Friedrich Gontard:

»Lieber Herr Exkollege, so darf ich Sie doch nennen? Wie beurteilen Sie die Lage denn?«

»Ich bin geschockt, persönlich getroffen, denn ich kenne den Toten. Ich kenne Herrn Sutter. Er ist der Nachbar meiner Tochter, und ich war mit ihm verabredet. Bei ihm zuhause.«

Und Gontard setzte die Hauptkommissarin in Kenntnis, schilderte kurz, dass Sutter einer Sache auf der Spur war, die in eine vergangene Zeit zurückging, »weit vor Ihrer Zeit, verehrte Frau Hauptkommissarin«.

Die Reaktion von Bettina Sonnendecker war unerwartet.

»Nein, kommen Sie mir nicht damit. Ich kann das nicht mehr hören. Meinen Sie etwa die vielzitierten ›Schatten der Vergangenheit‹? Er war Lehrer, sagten Sie, Geschichtslehrer? Gibt es da nicht andere Motive, modernere, meine ich?«

Sie ließ Friedrich Gontard, der einen Einwand machen wollte, nicht zu Wort kommen.

»Vielleicht hatte er ja ein Verhältnis mit der Mutter einer Schülerin, und der gehörnte Ehemann hat Rache verübt, oder, und das kommt ja bei Lehrern öfter vor, er hat eine Schülerin missbraucht, oder er hat eine Kollegin belästigt, auch das könnte doch ein Motiv für Rache sein, oder? Ich weiß, Herr Gontard, zu Ihrer Zeit als Kripochef ist unter Ihrer Regie der eine oder andere Mord aufgeklärt worden, der tatsächlich mit diesen ›Schatten der Vergangenheit‹ zu tun hatte. Aber warum soll man einen Mann beseitigen, der sich um olle Kamellen kümmert? Man kann doch nicht hinter jedem neuen Fall einen alten verjährten Fall wittern? Nicht hinter jeder Ecke lauert ein Rechtsradikaler.«

Sie hatte sich regelrecht in Rage geredet, und in Friedrich Gontard keimte der Verdacht auf, dass diese junge Frau zur Gruppe derer gehörte, die das dritte Reich mit all seinen Verbrechen verharmlosten. Und diese Gruppe war leider nicht klein in der Zunft der Polizisten. Er erinnerte sich daran, was Manfred Berberich, sein Nachfolger, ihm einmal erzählt hatte, nachdem er sich nach Heidelberg hatte versetzen lassen: »Wegen Mobbing und einer übermotivierten Kollegin habe ich mich versetzen lassen.« War diese Kollegin Bettina Sonnendecker gewesen? Lass das Spekulieren, ermahnte sich Friedrich Gontard selbst. Vielleicht ist ja alles ganz anders gewesen.

Der Gerichtsmediziner, ein Dr. Steinmetz, traf ein und das übliche Prozedere nahm seinen Lauf.

»Tod durch Strangulieren, vermutlich vor 4 bis 6 Stunden, Genaueres nach der Untersuchung in der Pathologie.«

Dr. Steinmetz, ein älterer, etwas zerstreut wirkender Mann, war kein Freund langer Erklärungen. Er schien überarbeitet und müde. Friedrich Gontard ließ die Frage nach den Motiven der Tat ruhen und schlug vor, das Mädchen zu befragen, das den Toten gefunden hatte.

»Ja natürlich«, sagte die Hauptkommissarin. »Das wäre logisch. Sie war eine Schülerin des Mordopfers? Na dann wird sie mir ja einiges erzählen können über diesen Mann, ihren Lehrer.«

Da hat sich jemand auf ein Thema eingeschossen, dachte Gontard, als er neben Dorfpolizist Frank Zinsmeister Richtung Dorfausgang fuhr, in die Landeckstraße Nummer 13, wo die junge Zeugin wohnte.

Bettina Sonnendecker ermittelt wohl nach dem Motto: Cherchez l'homme, nicht Cherchez la femme: Der Schuldige ist im Zweifelsfalle der Mann. Das kann schwierig werden, seufzte er innerlich.

Er bat den Chauffeur, in der Mühlgasse vorbeizufahren, denn Anna würde voller Ungeduld und Spannung darauf warten, was wohl geschehen war. Lilli war von der Klassenfahrt noch nicht angekommen, und so wartete Anna doppelt beunruhigt auf ihre Tochter und ihren Ehemann.

Die Kinder hüpften noch munter herum, denn sie durften ja aufbleiben, bis ihre Mutter angekommen war. Sie spielten oben in ihrem Zimmer. Man hörte ihr Lachen. Das war gut so, denn sie würden noch früh genug erfahren, was mit ihrem Nachbarn geschehen war.

Anna schien die Worte ihres Mannes zu hören, aber ihnen keinen Glauben zu schenken. Es war unmöglich, dass der agile und von Plänen getriebene Mann tot war.

»Wieder mal dein Thema? Dein Lebensmuster?«, sagte Anna, aber sie schien keine Antwort zu erwarten.

»Soll ich Emilie Kern benachrichtigen? Und die Lessings und Emily Parker?«, fragte sie weiter.

»Nein, noch nicht, ich halte es für besser, wir warten bis morgen früh.« Gontard war sich nicht ganz sicher, ob dies der richtige Weg war.

»Die ermittelnde Kommissarin hat so ihre eigenen Ideen, und ich möchte mich nicht vordrängen.«

In knappen Sätzen schilderte er die Begegnung mit der resoluten, dynamischen, etwas schusseligen Hauptkommissarin.

»Sie wartet auf mich bei Familie Schwinn. Auf die Aussage des Mädchens bin ich höchst gespannt. Grüß Lilli von mir, ich komme so bald als möglich heim.«

Und schon war er verschwunden, der alte Kriminologe, der immer mehr zu der Überzeugung gelangte, dass aus dem Cold Case ein brennendheißer, aktueller Fall geworden war.

12. Kapitel | Das Trampeltier

Als er in der Landeckstraße ankam, fuhr auch gerade der Jeep der Hauptkommissarin vor. Sie sprang aus dem Wagen, rief: »Hallo«, und eilte vor dem Ex-Kripochef den mit Sandsteinplatten ausgelegten Weg zum Eingang des Bungalows aus weißen Klinkersteinen entlang.

Gontard musste unwillkürlich ein wenig grinsen, als er den ziemlich trampeligen Gang der jungen Frau bemerkte, der keineswegs zu ihrem sonst so femininen Äußeren passte.

Wie ein Trampeltier, tatsächlich, dachte er.

Der Gang passte vielleicht nicht zur ansonsten weiblichen Ausstrahlung, wohl aber zu ihrer flapsigen, unverblümten Art im Umgang mit ihren Mitmenschen.

»Familie Schwinn« stand auf dem getöpferten Keramikschild in Form einer Sonnenblume zu lesen.

Die Hauptkommissarin läutete wenig einfühlsam Sturm und schob die Frau, welche die Tür öffnete, fast zur Seite.

»Wo ist das Mädchen?«, fragte sie ohne sich vorzustellen.

Friedrich Gontard füllte die Lücke an Höflichkeit aus, indem er das Wort ergriff:

»Entschuldigen Sie bitte, Sie sind Frau Schwinn, die Hausherrin?« Die rotgeweinten Augen der kleinen blonden Frau in modischer Kleidung waren Antwort genug.

»Ja, ich bin Maria Schwinn, und Sie sind Herr Gontard und der Vater von Lilli?«

Seine erstaunte Miene ließ sie hinzufügen:

»Ihre Tochter Lilli und ich, wir sind Kolleginnen am Landauer Max-Slevogt-Gymnasium. Ich weiß, dass sie momentan die Enkelkinder betreuen ... und ich habe auch gemeldet, was passiert ist, und ich habe Sie als Exkripochef ins Spiel gebracht.« Letzteres sagte sie fast entschuldigend.

»Aber …?« Und sie schaute fragend in Richtung der Frau, die ohne Gruß und Erklärung ins Haus gepoltert war.

»Hauptkommissarin Sonnendecker, sie ermittelt. Ich bin ja … nur ein Lückenbüßer.«

Maria Schwinn führte den Gast durch den hellen Flur, wo ein hübscher alter restaurierter Weichholzschrank stand, den man zur Garderobe umfunktioniert hatte, wie der »alte Hase«, der Antiquitätenexperte Friedrich Gontard, mit geübtem Blick erkannte.

Sie traten ins noch hellere, großzügige Wohnzimmer, das mit einer Mischung aus alten und neuen Möbeln geschmackvoll eingerichtet war. Inmitten des Raums stand ein mit altrosa und grünem Chintz gepolstertes Biedermeiersofa. Von dort drang ein Schluchzen, aber die Hauptkommissarin hatte sich schon in einen im gleichen Stoff wie das Sofa gepolsterten Sessel plumpsen lassen und redete auf ein Mädchen ein, dessen blondes Haar sich aus dem Pferdeschwanz gelöst hatte und das sich ständig die Augen wischte.

»Karolin, das ist Herr Gontard, und das ist …«

»Hauptkommissarin Bettina Sonnendecker«, platzte die Kriminologin hinein.

»Und wir wollen dir ein paar Fragen stellen.«

»Unser Hausarzt war eben gerade da, und er hat Karolin ein mildes Mittel zur Beruhigung gegeben. Sie war vorher in eine leichte Ohnmacht gefallen, drum … ist sie vielleicht jetzt ein bisschen langsam und müde«, erklärte Maria Schwinn, und sie legte ihrer Tochter den Arm auf die Schulter.

»Du musst keine Angst haben«, beschwichtigte Friedrich Gontard das Mädchen. »Es kann dir nichts passieren. Hier bist du sicher.«

Ja, es stimmte. Dies hier war ein behütetes, liebevolles Elternhaus, mit vielen hübschen Bildern an den Wänden. Familienfotos und Landschaftsansichten und Blumenstillleben, und durchs große Wohnzimmerfenster blickte man in den Garten, in dem gerade Rosen in allen Schattierungen blühten: gelb, dunkelrot, weiß und rosa.

Im Hintergrund erkannte man die Silhouette der Haardt und die Burg Landeck inmitten von dichtem Wald. Die Landeckstraße trug ihren Namen zu Recht.

»Wie ich höre, warst du die Schülerin des Toten«, begann Bettina Sonnendecker die Befragung.

»Wie war er denn so … als Lehrer?«

Die Frage hatte etwas Lauerndes. Eine Suggestivfrage fast. Was erwartete die Frau Hauptkommissarin?

»Er war sehr nett. Und niemals langweilig. Und er hatte ein gutes Verhältnis zu uns. Zu der Klasse, meine ich.«

In der Reaktion der Hauptkommissarin lag unverhohlene Enttäuschung:

»Naja, man sieht den Leuten nicht immer an, was hinter ihnen steckt. Und es gibt da gewisse Lehrer, die nehmen es nicht so ernst mit der Distanz.«

Obwohl Karolin tatsächlich sehr müde wirkte, schien sie am Unterton der Worte von Bettina Sonnendecker zu merken, dass diese sie in eine bestimmte Richtung lenken wollte, und sie antwortete leise aber bestimmt:

»Herr Sutter war nicht so Einer!«

Die Befragerin lenkte ein:

»Naja, lassen wir das mal vorerst. Erzähl uns doch mal, wie das war, als du deinen … netten Lehrer … gefunden hast.«

Statt gleich zu antworten, fragte Karolin plötzlich:

»Mama, wo ist eigentlich Bilbo?«

»Ich habe ihn nach oben gebracht, weil Dr. Keppel Angst vor Hunden hat.«

»Bitte, ich möchte Bilbo neben mir haben.«

Und mehr zu Friedrich Gontard als zu der offiziellen Ermittlerin gewandt sagte sie:

»Bilbo war nämlich dabei beim Joggen. Und er hat ihn … ihn … auch gefunden. Ohne Bilbo wäre ich jetzt vielleicht auch tot. Ermordet.«

»Wieso?«, kam Gontard der Hauptkommissarin zuvor.

Da stürmte ein pechschwarzer Mischlingshund ins Zimmer und legte sich vor dem Mädchen auf dem kaukasischen Teppich nieder. Karolins verweintes Gesicht erstrahlte für einen kurzen Moment, und sie kraulte ihrem Hund das Fell, während sie antwortete: »Bilbo beschützt mich vor aufdringlichen Männern, wenn ich jogge.«

Es war das Stichwort für Bettina Sonnendecker. Dies war ihr Spezialthema.

»Gab es da heute beim Joggen aufdringliche Männer?«

»Nein, der Große, der Jüngere, der hat mich gar nicht angeschaut, und der ältere Kleine hat mich kurz gemustert, dann hat Bilbo aber ein wenig geknurrt, und der Mann hat, glaube ich, Angst bekommen und ist weitergegangen.«

Karolin beschrieb nun die beiden Männer etwas detaillierter, und Friedrich Gontard fragte:

»Waren diese beiden die einzigen Spaziergänger, die dir begegnet sind?«

»Nein, da war noch eine kleine, ziemlich dicke, aber freundliche Frau mit einem Mops. Ich hatte sie noch nie gesehen vorher. Ich glaube sie war nicht vom Ort, aber Bilbo und der Mops haben sich beschnuppert.«

Ein Lächeln huschte nun über das Gesicht des Mädchens.

»Der Mops hat zu seiner Herrin gepasst.«

Sie wurde gleich wieder ernst. »Es war so schrecklich, als Bilbo und ich … ihn gefunden haben.«

»Würdest du die drei Leute beschreiben können für ein Phantombild?«, fragte die Hauptkommissarin.

»Vielleicht. Ich kann es versuchen«, antwortete das Mädchen, das aber nun tatsächlich am Ende seiner Kräfte angelangt war.

Bettina Sonnendecker holte aus, um erneut eine Frage zu stellen, aber Friedrich Gontard gab ihr durch Blicke zu verstehen, dass es nun genug war mit der Befragung. Hund Bilbo legte seinen großen Kopf aufs Knie von Karolin und schaute zu ihr auf.

»Hunde sind die besten Kameraden. Und die besten Seelentröster, stimmt's?«, sagte Hundefreund Friedrich Gontard zu dem Mädchen.

Die Hauptkommissarin war wohl eher der Katzentyp, denn sie konterte: »Hunde kommen, wenn man sie ruft. Katzen nehmen deine Nachricht zur Kenntnis und kommen später eventuell darauf zurück. Außerdem sind sie wie wir Frauen: Man kann ihnen nur das befehlen, was sie von sich aus wollen. Oder so ähnlich. Das hat diese Französin, diese Colette gesagt. Glaub ich wenigstens. Egal. Es stimmt ja auch. Also ich halte es eher mit den Katzen als mit den Hunden. Hunde sind mir persönlich zu … hündisch.«

Sprach's und trampelte, dafür dass sie eine Katzenfreundin war, wenig elegant und geschmeidig zur Tür hinaus, indem sie noch rief:

»Sie hören noch von mir, Frau Schwinn. Und Karolin, ruf dir bitte nochmal genau das Konterfei der beiden Männer ins Gedächtnis zurück. Für die Phantombilder.«

Friedrich Gontard verabschiedete sich von Mutter und Tochter.

»Lilli kommt übrigens vorzeitig vom Landheim zurück heute Abend«, sagte er. »Das ist ein Tag der unerwarteten Ereignisse, wie mir scheint.«

Frau Schwinn war zu sehr um ihre Tochter besorgt und schien irgendwie die Mitteilung nicht richtig mitbekommen zu haben, denn sie rief zerstreut:

»Grüßen Sie Lilli von mir. Sie wird geschockt sein. Herr Sutter, so ein lieber Mensch. Es ist irgendwie unfassbar.«

Karolin, die unentwegt Bilbos Kopf streichelte, fragte sich, weshalb sie nichts davon gesagt hatte, dass ihr Geschichtslehrer einem Geheimnis auf der Spur war, wie er ja angedeutet hatte. Aber das war bestimmt nicht so wichtig. Und die Frau, die Polizistin, hatte auch nicht danach gefragt.

»Papa kommt von der Arbeit zurück«, rief Maria Schwinn. Und sie ging ihrem Mann entgegen, der nichtsahnend war, und gemeinsam kümmerten sie sich um ihre Tochter, die nun, alles andere als cool, erneut in Tränen ausbrach, übermannt von den Ereignissen des Tages. Dem schlimmsten Tag in ihrem bisherigen Leben.

13. Kapitel | Wieder zuhause

Als Friedrich Gontard den Bungalow aus weißen Klinkersteinen verließ, begann es zu regnen.

Er gehörte nicht zu den Menschen, die, wie es heutzutage Mode war, sich beschwerten, wenn die Sonne nicht unaufhörlich schien. Fast beleidigt klangen die Stimmen der Nachrichtensprecher, wenn eine Regenfront angekündigt wurde, aber Friedrich Gontard ebenso wie seine Frau Anna tickten da anders: Als Gartenbesitzer sahen sie den Regen nicht als Strafe des Himmels sondern als einen Segen an.

Lillis Auto stand vorm Haus, und Anna öffnete die Tür.

»Lilli ist seit einer Stunde da, Fredi und Lotta sind schon im Bett, und ich muss dir sagen, dass unsere Tochter wirklich völlig erschöpft ist.«

Lilli saß auf der Couch, und ganz ungewohnt sprang sie nicht freudig auf, um ihren Vater zu umarmen, sondern sie lächelte ihm nur müde zu und sagte:

»Hallo Papa. Schön dass du da bist. Hast du den Fall gelöst?«

»Das ist aber zynisch, liebe Lilli. Das ist man gar nicht von dir gewohnt. Du musst ganz schön erledigt sein.«

»Erraten. Dieser verunglückte Landheimaufenthalt und dann noch diese Horrornachricht. Gabriel Sutter ermordet. Unfassbar. Hat man eine Ahnung, weshalb unser netter Nachbar sterben musste?«

»Ich hab so eine Idee, was das Motiv betrifft, aber sie deckt sich nicht mit der Idee der ermittelnden Hauptkommissarin. Aber bitte, trotz allem … Du zuerst. Was ist denn eigentlich passiert?«

»Zwei Jungs, die sich um ein Mädchen gestritten und sich geprügelt haben. Krankenhausreif haben sie sich geschlagen, die zwei Kampfhähne. Du glaubst es nicht, aber die ziehen durch mit der geballten Faust. Die kennen keine Hemmschwelle. Wenn mein lieber Kollege Christian Gemar nicht gewesen wäre. Die hätten sich totgeprügelt. Es hat blutige Nasen gegeben, einen ausgekugelten Arm, ein gebrochenes Nasenbein und bei einem der beiden Jungs eine Gehirnerschütterung dazu. Die Ambulanz war da und der Notarzt. Aber es gab wenigstens keine Toten. Schon wieder zynisch, sorry«, sagte Lilli.

Sie hatte dunkle Ringe unter den Augen und es schien, als habe sie seit über einem Tag nichts gegessen. Sie strich sich durchs rotblonde, kurze Haar.

»Ach, ein kompetenter Begleiter ist Gold wert. Christian Gemar hatte letztendlich alles im Griff. Er ist der Mathelehrer der Klasse. Wir haben uns beraten und fanden es am klügsten, den Landheimaufenthalt kurzerhand abzubrechen. Ein Exempel musste einfach statuiert werden. Es wird eine Disziplinarkonferenz geben für die beiden Kampfhähne. Aber bitte, nun kommst du dran, Papa. Ich bin immer noch fassungslos wegen Gabriel Sutter. Dagegen ist das, was ich erlebt habe, ein Pappenstiel.«

Friedrich Gontard fasste sich kurz in seinem Bericht angesichts des Erschöpfungszustands seiner Tochter, aber auch aus Gründen der Diskretion.

Friedrich Gontard umarmte Tochter Lilli und Anna, nahm Hund Oscar am Halsband und begab sich nach oben.

In seiner Jackentasche knisterte ein Papier. Er hatte es völlig vergessen. Es war der Zettel, der Gabriel Sutter in den Tod gelockt hatte. Er würde ihn der Hauptkommissarin geben müssen.

»Es regnet«, sagte er im Hinausgehen zu Anna.

»Wie schön, hoffentlich auch in Hohenkirch. Das erspart Samira viel Arbeit.«

»Wir werden, wie es aussieht, noch einige Tage hierbleiben müssen«, sagte Gontard.

Ja, dieser Cold Case lässt ihn nicht kalt, dachte Anna. Zumal er ein heißer Fall geworden ist.

Und sie folgte nachdenklich ihrem Mann nach oben.

14. Kapitel | Gerechtigkeit

Wie ein Lauffeuer verbreitete sich die Nachricht vom Tod des beliebten Lehrers Gabriel Sutter, und man rätselte vor allem, was das Motiv des Verbrechens betraf.

Friedrich Gontard hielt mit seiner Meinung hinterm Berg. Besser so. Doch da war ein Gedanke, der ihn geradezu obsessiv peinigte: Wie wäre es möglich, an das ominöse Heftchen von Leni Grünewald zu gelangen, welches Gabriel Sutter bekommen hatte und über dessen Inhalt sie sich hatten unterhalten wollen, wenn nicht …?

Der Eingang zum Sutterschen Anwesen war versiegelt worden. Hauptkommissarin Sonnendecker hatte ihrem Team von der Spurensicherung die Anweisung zu einer Hausdurchsuchung gegeben, und Gontard hatte leider nicht mehr erfahren können, als dass »nichts von wesentlicher Bedeutung für die Lösung der Mordsache Sutter« sichergestellt worden war.

Anna, der die innere Unruhe ihres Mannes nicht entgangen war, machte sich ernstliche Sorgen um ihn. Sie ahnte, welche Gedanken und Vermutungen ihn quälten, und sie hätte gerne den Besuch in Niederzell abgebrochen, zumal die Großelternhilfe jetzt nicht mehr erforderlich war. Lilli konnte sich am nächsten Tag um Lotta und Fredi kümmern, die Hausangestellte Marita Fischer hatte sich schneller als erwartet von ihrem Infekt erholt, und auch Schwiegersohn Fabrice würde bald von seiner Konferenz in Straßburg zurück sein.

Doch Anna war sich dessen bewusst, dass das großväterliche Pflichtgefühl ihres Mannes überlagert wurde durch das kriminalistische Jagdfieber, ausgelöst durch das Verbrechen an dem sympathischen Nachbarn der Taverniers.

Die Nachricht von Gabriel Sutters Tod hatte mittlerweile auch Emilie Kern in Klingenmünster und Thomas und Susanne Lessing in Hohenkirch erreicht, die versuchten, ihrem Gast Emily Parker die schreckliche Nachricht möglichst schonend zu übermitteln.

Für Emily Parker spielte neben der Schockwirkung und der Trauer über den wiedergefundenen entfernten Verwandten auch die Enttäuschung darüber eine Rolle, dass sie ohne die Hilfe des engagierten Geschichtslehrers nun allein dastand mit ihrem Auftrag, den ihre verstorbene Mutter ihr mitgegeben hatte.

»Herr Gontard wird sich doppelt kümmern«, beruhigten Susanne und Thomas Lessing ihren Gast.

»Er wird den Mord aufklären oder zumindest wird er es versuchen, und er wird sich auch deiner Sache annehmen.«

Hier gaben sich die Lessings wohl eher blauäugig einer Illusion hin. Sie wussten nichts von Hauptkommissarin Sonnendecker, auch nichts von Friedrich Gontards eingeschränkter Zuständigkeit in seiner Eigenschaft als ehemaliger Chef der Kripo.

Susanne Lessing hatte einen Cousin verloren, und zusammen mit Emily Parker war sie nun in Trauer vereint. Es war schwer zu sagen, was überwog: Schock oder Traurigkeit und Entsetzen über das schreckliche Geschehen.

Auch Friedrich Gontard musste am Telefon eine Person beruhigen, nämlich Emilie Kern, die immer wieder stammelte: »Herr Sutter ist tot? Ermordet, sagen Sie? Und was wird nun aus unserer Gerechtigkeit, Herr Gontard? Was ist aus meinem Tagebuch geworden, aus dem Tagebuch von der Leni?«

»Keine Angst, ich werde mich darum kümmern, dass es nicht in falsche Hände gerät. Und wir werden zusammen alles tun, damit … damit …«, er rang nach Worten, »damit sich für alles eine Lösung findet.«

Bei diesen Worten war sich der ehemalige Kripochef alles andere als sicher, und er erschrak über seinen geheimen Vorsatz.

Das kannst du nicht ernsthaft wollen, sagte er sich, das ist illegal.

Doch er wusste, dass es keinen anderen Weg gab, um sich Klarheit über den Verbleib von Leni Grünewalds Heftchen und dessen Inhalt zu verschaffen.

15. Kapitel | Der Zweck heiligt die Mittel

Wie ein Verbrecher schlich Friedrich Gontard aus dem Haus seiner Tochter Lilli. Das schlechte Gewissen wurde von brennender Neugier überlagert. Dem Exkommissar waren in der Vergangenheit während seiner vielen Dienstjahre mehr als einmal Mittel nützlich gewesen, die zwar dem Zweck der Wahrheitsfindung dienten, die sich jedoch am Rande des Legalen bewegten.

Und das Glück war Friedrich Gontard immer hold gewesen. Der Erfolg gab ihm recht und ließ ihn letztendlich auch seine Skrupel über Bord werfen.

»Der Krug geht solange zum Brunnen, bis er bricht«, sagt eine alte Volksweisheit, aber Gontard wischte alle Bedenken beiseite. Wer nichts wagt, der nichts gewinnt, so hieß es doch auch, oder? Annas Atemzüge waren regelmäßig, sie befand sich offenbar im Tiefschlaf.

Sie hatte selten oder nie Einschlafstörungen, allerdings wachte sie gelegentlich gegen 3 oder 4 Uhr morgens auf, um dann meist wieder einzuschlafen bis zum Morgen. Aber bis dahin wäre er längst wieder zurück.

Der abenteuerlustige alte Kriminologe schlich an den beiden Kinderzimmern vorbei. Kein Mucks war zu hören von den beiden Enkelkindern. Hund Oscar bewachte die beiden. Der Hundekorb war in die Mitte der beiden Kinderbetten gerückt, wie Gontard wusste.

Oscar, der allmählich schwerhörig wurde, japste nur kurz auf, vielleicht im Traum. Ob er gerade eine Katze jagte?

Friedrich Gontard tastete sich weiter zur Treppe. In Lillis Zimmer war es still. Kein Wunder. Es war der Tiefschlaf der Erschöpfung.

Durch den sommerlichen Garten hindurch mit seinen tausend

Düften bahnte sich der Abenteurer den Weg zum nachbarlichen Grundstück, dessen Topografie er von seinem Besuch bei Gabriel Sutter abgespeichert hatte. Überall Dickicht, wuchernde Pflanzen, nicht gestutzte Hecken, Unkraut. Eine Ratte huschte vor Gontards Füßen in Richtung Klingbach. Gontard schüttelte sich vor Ekel. Ratten gehörten nicht zu seinen Lieblingstieren.

Er tastete nach der Taschenlampe in seiner Jackentasche. Er würde sie im Haus brauchen. Hier draußen half ihm ein fahler Sommermond, sich in diesem verwahrlosten Garten zurechtzufinden, den er, der ewige Romantiker, als wildromantisch bezeichnete.

Wie gut, dass ihm beim Kaffeebesuch bei Gabriel Sutter aufgefallen war, dass die Verandatüren, die denen von französischen Landhäusern glichen, sehr klapprig und renovierungsbedürftig waren, mit rostigen Schlössern.

Ob sie daher leicht zu öffnen waren? Gontards Wunsch erfüllte sich. Das marode Schloss gab nach.

Erstaunt stellte er fest, dass der Hintereingang von der Terrasse aus nicht versiegelt war. Ein Versäumnis der noch jungen Hauptkommissarin und deren Team?

Es fehlt noch an Routine, dachte der »alte Hase« Friedrich Gontard. Mein Glück!

Im Schein der Taschenlampe begann nun die Suche nach dem Tagebuch der kleinen Leni Grünewald.

Es wäre zu schön gewesen, wenn Gabriel Sutter das hellblaue Heftchen auf der Kommode abgelegt hätte. Aber nein, dann hätten es ja auch die Leute von der Spurensicherung entdeckt, und vielleicht hatten sie es sogar mitgenommen. Auf dem Nachtschränkchen, den Tischen, in Bücherregalen war nichts dergleichen zu finden, und so hoffte Gontard auf ein »Versteck« oder zumindest einen Platz, den das Team von Bettina Sonnendecker nicht oder nur oberflächlich durchsucht hatte.

Der nächtliche Einbrecher schaute sich nun nach Kästchen und Schatullen und Körben um. Doch auch hier war kein Tagebuch mit gestochen feiner Sütterlinschrift abgelegt worden. Auf dem Schreibtisch stapelten sich Schülerhefte. Klassenarbeiten von zwei verschiedenen Klassenstufen: Unterstufe und Oberstufe.

Akribisch prüfte Friedrich Gontard ein Heft nach dem anderen, aber das hellblaue Heftchen wäre aufgefallen, ebenso die Sütterlinschrift des Mädchens. Gontard setzte sich in den Bürostuhl, einen runden Thonet-Stuhl mit rotem Ledersitz. Seufzend erhob er sich, als sein Blick auf eine Tasche fiel, die neben dem Schreibsekretär abgestellt war. Es war die Schultasche von Gabriel Sutter, aus dunkelbraunem, etwas abgeschabtem Leder und mit zwei losen Schnallen versehen.

In der dickbauchigen Tasche steckte ein Bündel Hefte.

Gontard legte den Stapel auf den Schreibtisch, setzte sich erneut und ging ein Heft nach dem anderen durch.

Es waren die Arbeitshefte einer 9. Klasse. Auf dem fünften Heft prangte die Aufschrift »Karolin Schwinn 9d«.

Karolins Arbeit war mit der Note 1 und einem lobenden Kommentar versehen. Beim Weiterblättern fiel ein Heft zu Boden, das kleiner als die Arbeitshefte der 9. Klasse war und von einem verblassten Hellblau.

Friedrich Gontard bückte sich, hielt den Atem an. Es war das Tagebuch von Leni.

Ich bin doch ein Glückspilz, dachte er. Er legte die Arbeitshefte der Klasse 9d zurück in die dunkelbraune Ledertasche. Gabriel Sutter, das war gewiss, wollte die Arbeitshefte zurückgeben, aber was suchte das Heft von Leni Grünewald in der Tasche? Wollte er der Klasse ein Originaldokument aus der Nazizeit zeigen, vielleicht daraus vorlesen?

Oder hatte er beides bereits getan?

Er würde es nie erfahren, er konnte nur spekulieren. Ob er Karolin Schwinn danach fragen sollte?

Friedrich Gontard steckte das hellblaue Heft in seine Jackentasche, nicht ohne Gewissensbisse. Dies war schon das zweite Dokument, das er der Hauptkommissarin vorenthielt. Zumindest vorläufig. Ein Gedanke durchzuckte ihn. Hatte Gabriel Sutter nicht von Schmähbriefen gesprochen, die man ihm geschickt hatte? Warum hatte er nicht sorgfältiger in den Körbchen, Schatullen, Kistchen geschaut, von denen es viele gab in diesem Haus. Ein Blick auf die Comtoise-Uhr auf dem Kaminsims sagte ihm, dass er nun keine Zeit für ein erneutes Suchen hätte.

Es ging schon gegen 3 Uhr morgens: Annas kritische Wachphase, wenn sie etwas umtrieb. Und der Tod von Gabriel Sutter hatte auch Anna sichtlich aufgewühlt.

Vorsichtig tastete er sich durch den Pflanzendschungel zurück zum Hause Tavernier.

Ein Erfühlen des Heftchens in seiner tiefen Jackentasche gab ihm ein beruhigendes Gefühl, und ihn durchzuckte ein weiterer Blitzgedanke: Wer weiß, dachte er, vielleicht ist es gar nicht so falsch, dass ich nicht sorgfältiger nach etwaigen anonymen Hassbriefen gesucht habe. Die Spurensicherung hat es immerhin auch verdient, etwas »Brauchbares« zu finden. Vielleicht würde Hauptkommissarin Sonnendecker dann auch von ihrer Fixierung auf einen »übergriffigen Lehrer« abkommen und sogar mit ihm, dem »obsessiven Spürhund nach Naziverbrechen« zusammenarbeiten wollen.

Es wäre wünschenswert. Schon wieder ein Wunsch, dachte Gontard, als er auf leisen Sohlen die Treppe hochschlich. Als er am Kinderzimmer vorbeikam, hörte er Oscars kurzes Japsen. Er scheint immer noch seiner Katze nachzujagen, dachte er.

»Na, hast du gefunden, was du gesucht hast?«, ertönte Annas Stimme geisterhaft aus dem Dunkel.

»Ja, vor dir kann man aber auch gar nichts geheim halten.«

»Kein Wunder, nach hundert Ehejahren oder so. Das ist halt bei alten Ehepaaren nicht anders«, kam die verschlafene Antwort.

Anna streckte die Hand nach dem Arm ihres Mannes aus, als wolle sie sich vergewissern, dass er tatsächlich da war. Einige Sekunden später sagten ihm die regelmäßigen Atemzüge seiner Frau, dass sie wieder fest eingeschlafen war.

Das Heft von Leni Grünewald werde ich morgen lesen. Es wird sich ein ruhiges Plätzchen dafür finden.

Nach einem kurzen, tiefen Schlaf wachte Friedrich Gontard gegen 5 Uhr jedoch wieder auf.

Es ließ ihm keine Ruhe. Er schnappte sich das Heftchen.

Er ging auf leisen Sohlen ins Wohnzimmer und las.

Die Skizze war es, die ihn am meisten faszinierte, mehr noch als Lenis Text.

Und er ahnte irgendwie, dass das Zeichentalent des Mädchens Leni nicht verschwendet wäre und bei der Ermittlung des Cold Case nützlich sein würde.

Oder sogar bei der Aufklärung des aktuellen Mordes?

Doch dieser Gedanke war nun doch etwas zu tollkühn.

Friedrich Gontard war auf dem Sofa eingenickt, als Lotta und Fredi ins Zimmer gestürmt kamen. Er konnte das Heftchen gerade noch rechtzeitig unter einem der orangefarbenen Samtkissen verstecken, die das beige Sofa schmückten. Lotta war noch etwas verschlafen, im rosa Nachthemd mit Prinzessin und Einhorn-Motiv, ihren Teddy unterm Arm.

Fredi im Schlafanzug mit Weltraum- und Mondraketen-Aufdruck schien etwas munterer zu sein als seine kleine Schwester.

»Opa ist schon wach«, rief Fredi laut, und Lotta schmiegte sich an ihren Großvater.

Der Tag konnte beginnen.

16. Kapitel | Hannelore Zimmermann oder: Herren und Hunde

Anna und Friedrich Gontard konnten nicht anders, als dem inständigen Bitten ihrer Tochter Lilli nachzugeben, doch noch etwas länger in Niederzell zu bleiben. Sie wurden gebraucht, denn Marita Fischer hatte nochmal angerufen und um Verständnis dafür gebeten, dass sie einen Rückfall erlitten habe. Der Husten sei noch nicht vorbei. Eine Sommergrippe ist oft gemein.
Annas heimlicher Blick auf ihren Ehemann bestätigte die Vermutung, dass es ihm nur recht war, noch gebraucht zu werden, in welcher Funktion auch immer.

Lilli und Fredi waren schon zu ihrem jeweiligen Schulalltag aufgebrochen, und Anna machte sich bereit, die kleine Lotta in ihren Kindergarten zu bringen.

»Ich kümmere mich um Oscar«, sagte Friedrich Gontard. Dass in der Rangliste der Hunde das Spazierengehen noch vor Fressen und Trinken kommt, ist eine Binsenweisheit, und der Exkripochef konnte sich so noch einmal zum Tatort ins Wäldchen am Klingbach begeben, der etwa 1-2 km von Lillis Haus entfernt war.

Vorher machte Gontard aber noch zwei Anrufe. Einen bei Emilie Kern, die ihr blankes Entsetzen über den Mord an Gabriel Sutter immer noch nicht überwunden hatte und immer wieder weinen musste.

Friedrich Gontard gelang es aber, sie zu einem Treffen zu bewegen, denn über das Tagebuch von Leni Grünewald musste gesprochen werden, auch über Emilie Kerns Verdacht, wenn auch unter Vorbehalt.

Friedrich Gontard würde Emilie Kern abholen, und bei dem Treffen wäre auch Emily Parker anwesend, die mit Susanne und

Thomas Lessing zusammen aus dem Odenwald anreisen wollte, wie das zweite Telefongespräch ergab.

Friedrich Gontard konnte Oscar kaum bändigen, denn der Anblick der Hundeleine in der Hand des Hundesitters ließ das Herz des Vierbeiners höherschlagen.

Die Luft war noch ein wenig kühl und ließ einen wunderschönen Sommertag erahnen. Ein fast silbriges Licht ließ die schöne südpfälzische Landschaft in festen Konturen erstrahlen. In der Ferne thronte die Burg Landeck inmitten vom satten Grün der Bäume, von denen der Spaziergänger wusste, dass es zum großen Teil Esskastanienbäume waren.

Friedrich Gontard war nicht der einzige Spaziergänger mit Hund an diesem jungen Morgen.

Ein sehr großer, schlanker, älterer Mann führte einen ebenso großen, schlanken Hund an einer roten Leine. Der Hund war schwarz wie der Gontardsche Hund Oscar. Beide, Herr und Hund, blickten zu Boden, auch die Haltung der beiden ähnelte sich. Der gebückte Rücken des Hundehalters, der etwas träge Gang spiegelte sich in der Körperhaltung des Hundes, der mit eingeknickten Beinen neben seinem Herrchen herlief und die Schnauze unentwegt am Boden hatte.

Ob Oscar und ich ein ebenso skurriles Bild abgeben, räsonierte Gontard belustigt.

Er überholte die beiden und grüßte freundlich. Der Gegengruß war seltsam verhalten, und auch der Hund des großen Mannes reagierte nicht gerade überschwänglich auf das freundliche Beschnüffeltwerden durch Oscar, der keinerlei Berührungsängste hatte, was Mensch und Tier betraf.

Vielleicht gehören die beiden zur Spezies der Morgenmuffel, dachte Friedrich Gontard im Weitergehen.

Oscar zog ihn zum Klingbach hinunter, denn er schien sehr durstig zu sein.

Das skurrile Paar »Wie der Herr so der Hund« war weit hinten zurückgeblieben.

Kurz hinter der kleinen Brücke, bevor der Weg nach links zum Wäldchen abbog, näherte sich eine Spaziergängerin. Ohne Hund, wie es schien. Doch. Gontard hatte sich getäuscht. Ein kleiner Hund kam hinter einem Schlehenbusch hervor. Es war ein Mops, und er kam japsend und kurzatmig auf sein Frauchen zu gerannt, das nach ihm rief. Zuerst verstand Gontard das Wort »Äffchen«, und amüsiert lachte er in sich hinein. Sie rief abermals, und diesmal entschlüsselte er den Mopsnamen richtig.

»Elfchen, bei Fuß«, rief die Frau, und nun musste Gontard laut auflachen.

Das mopsige Elfchen wackelte zu seiner Herrin, und Friedrich Gontard fürchtete, dass das arme Tier am Ersticken war, so sehr war es außer Puste.

Das nicht sehr elfenhafte Dickerchen wurde von Oscar begrüßt, und diesmal stieß der große schwarze Labrador mit der weißen Brust auf Gegenliebe.

Das Elfchen wackelte auf seinen kurzen Beinchen um den Großen herum, und das sah so drollig aus, dass Gontard und Elfchens Herrin lachen mussten.

»Hunde sind die allerbesten Kontakthersteller, oder?«, rief die Frau, und nun erst bemerkte Friedrich Gontard, dass auch dieses Mensch-Tier-Gespann sich ähnelte. Die Frau war untersetzt, ja mollig, ihr Gesicht war rund und freundlich und ihre Augen waren von unzähligen Lachfältchen umgeben.

Es gibt Menschen, die strahlen eine unbändige Lust am Leben aus, Daseinsfreude pur, und diese Elfchen-Mutter erweckte den Anschein, als sei das Leben ein einziges Vergnügen.

Plötzlich erinnerte sich Friedrich Gontard an einen Satz, den er gestern erst gehört hatte: »Da war eine kleine freundliche Frau mit einem Mops. Der Mops hat irgendwie zu seiner Herrin gepasst.«

Das waren die Worte von Karolin Schwinn, der Hauptzeugin im Mordfall Gabriel Sutter.

Die beiden Hunde führten ihren drolligen Tanz fort und spielten vergnügt wie die Kinder, und dies gab Friedrich Gontard Gelegenheit, eine Befragung im Grünen durchzuführen.

»Sie gehen hier regelmäßig mit Ihrem … Elfchen spazieren?«

»Aber ja, ich bin Rentnerin und bin allein und ich habe Zeit, was soll ich denn sonst den ganzen Tag tun? Elfchen gibt meinem Leben einen Sinn, einen sehr schönen Sinn.«

»Kommen Sie auch nachmittags hierher? Manche Hundebesitzer gehen ja nur einmal am Tag Gassi mit ihrem Liebling.«

»Aber mein Liebling ist es mir wert, manchmal sogar dreimal Gassi zu gehen. Allerdings gehe ich diese Strecke hier heute erst zum zweiten Mal.«

Friedrich Gontard wurde hellhörig, doch die gesprächige Dame kam seiner Frage zuvor, die ihm schon auf der Zunge gelegen hatte.

»Gestern, als die Polizeisirenen hier so einen Krach gemacht haben, naja, als sie den toten Mann im Wald gefunden haben, wie ich jetzt weiß, da war ich auch hier. Das heißt, ich war schon fast daheim, als ich die Sirenen gehört habe.«

Sie lachte wieder, als seien die Sirenen so eine Art Musik in ihren Ohren gewesen.

»Schlimm, schlimm, es hat sich ja rumgesprochen, was da passiert war. Aber was für ein Glück! Der Mörder hätte ja auch leicht mich erwischen können. Oder mein Elfchen.«

Oh, dachte Friedrich Gontard, warum hat das Schicksal nicht auch mich mit so viel Optimismus und praller Lebensfreude gesegnet?

Dic Frohnatur sprach weiter:

»Ich hab mir überlegt, ob es der kleine Alte oder der große Jüngere war, der da … seine Hand im Spiel gehabt hat. Übrigens, wenn wir schon so schön plaudern. Ich bin Hannelore Zimmermann. Und wer sind Sie?«

»Gontard. Friedrich Gontard.«

Nein, er würde sich nicht »outen« als Kriminalist, nie und nimmer.

Doch er fragte weiter, indem er sich reichlich hinterlistig vorkam:

»Wen meinen Sie mit ›den beiden Herren‹?«

»Naja, der Kleine hat mich so seltsam gemustert. Es gibt ja so viele Perverse heutzutage. Gruselig kam der mir irgendwie vor.«

Sie strich sich kokett und kichernd die graublonden ondulierten Haare aus der Stirn und legte die rechte Hand auf ihre üppige Brust.

»Und der Junge, der lange Lulatsch, hat so finster vor sich hingestarrt, und er hat meinen freundlichen Gruß nicht erwidert. Aber man kennt das ja. Für die Jungen existieren wir Älteren nicht, oder? Die nehmen uns gar nicht wahr.«

Die rhetorische Frage wurde nicht erwidert, und die Elfchen-Mutter lachte versöhnlich.

»So sind sie halt, die Jungen, aber nicht alle … das Mädel, die Joggerin, die war freundlich und hat mich gegrüßt. Ich hab mir gedacht, das Mädchen wäre die Tote, als ich von einem Mord gehört habe. Ein Sexualmord, das war mein erster Gedanke. Sie war ja sehr hübsch. Das gefundene Fressen für … einen Perversen. Naja, ich hab mir solche Vorwürfe gemacht. Ich hätte das ja verhindern können, oder?«

Ihr schlechtes Gewissen schien sie nicht lange zu plagen, denn sie sagte schnell:

»Aber dann hieß es ja, dass das Mordopfer ein Mann war! Da war ich aber mal erleichtert, das können Sie mir glauben, Herr Gonter.«

»Gontard.«

Ja, diese Frau konnte offenbar jeder Situation was Positives abgewinnen. Mein französischer Schwiegersohn würde jetzt sagen: A quelque chose malheur est bon. Jedes Schlechte hat auch was Gutes, dachte Friedrich Gontard. Selig sind die Einfältigen, das dachte er auch.

»Also dem Älteren mit seinen Glotzaugen hätte ich es ja zugetraut, einen Sexualmord meine ich. Dem Jüngeren aber auch. Das rote Mal auf der Stirn. Feuerrot und bis zum Hals runter. Eine Brandwunde? Kann einem ja leidtun, aber unheimlich war es doch. Er hat ja immer nur nach unten geguckt, aber einmal hat er hochgeschaut, da hab ich die komische Haut bemerkt. Gut, dass Elfchen mich beschützt hätte, wenn …«

Sie lachte wieder und rief: »Elfchen, komm zu Mama, weiter geht's!«

Nun schien Elfchen wirklich nahe am Ersticken.

Das Toben mit dem großen schwarzen Labrador Oscar hatte es an den Rand dessen gebracht, was ein stumpfnasiges, kurzatmiges Hündchen leisten kann.

»Vielleicht sehen wir uns bald mal wieder, Frau Zimmermann«, sagte Friedrich Gontard und packte Oscar energisch am Halsband, damit die Spielerei ein Ende hätte.

Hannelore Zimmermann leinte ihren japsenden Vierbeiner an.

»Hundebesitzer kommen immer irgendwie ins Gespräch, gell?«, lachte sie.

»Und man erfährt ab und zu auch interessante Dinge«, gab Friedrich Gontard ihr recht. »Bis bald.«

Und die beiden Hundebesitzer entfernten sich in die jeweils entgegengesetzte Richtung.

Hannelore Zimmermann bog in den Weg ein, der zum Nachbarort führte, und Friedrich Gontard trat den Heimweg an.

Was sollte er noch einmal im Wäldchen? Am Tatort?

Er hatte genug erfahren, und das fast beiläufig.

Gelobt seien die Hannelore Zimmermanns dieser Welt, dachte er.

Die Frohnaturen. Die Gemütlichen. Die Plappermäulchen. Die Glückskinder.

17. Kapitel | Eine etwas andere Schulstunde

Während Friedrich Gontard ganz inoffiziell und wie zufällig ein Verhör im Grünen geliefert bekam, fand in Gabriel Sutters Gymnasium in Bad Bergzabern ein Verhör der ganz anderen Art statt.

Dieses Verhör war offiziell, zielgerichtet und wurde straff geführt. Die Ausführende war Frau Hauptkommissarin Bettina Sonnendecker. Sie kam ins Klassenzimmer der 9d hereingefegt wie ein Wirbelwind, die roten Haare mit einem schicken Stirnband geschmückt, was ihre sportliche Erscheinung unterstrich. Sie unterbrach die unterrichtende Lehrerin – es war gerade Mathematik angesagt – mitten im Satz, und Karolin Schwinn, die in der vorletzten Reihe saß, konnte einen Anflug von Schadenfreude nicht unterdrücken, dass die Vertreterin ihres Zitterfachs auch einmal ihren Meister beziehungsweise ihre Meisterin gefunden hatte.

Außerdem verhieß die Ankunft der Hauptkommissarin eine willkommene Unterbrechung des ungeliebten Unterrichts.

Mit wenigen, sehr knapp und sachlich gewählten Worten stellte sich Bettina Sonnendecker vor, hielt sich nicht lange bei Bekundungen des Mitgefühls mit dem getöteten Lehrer Gabriel Sutter auf, noch weniger ging sie auf etwaige Gefühle des Mitgefühls oder gar der Trauer seiner Schulklasse ein.

»Er war ziemlich beliebt, hat man mir gesagt«, so begann sie ihr Verhör.

»Ja, besonders bei den Mädchen«, kam ein Zwischenruf aus den hinteren Reihen. Es war eine Jungenstimme.

Verlegenes Gekicher, Lachen, Gepruste.

Dies war nun wieder mal Wasser auf die Mühlen der Hauptkommissarin.

»Ach ja? Ist ja interessant«, hakte sie nach.

»Wie ist das zu verstehen? Du da hinten, von dir kommt doch die Information. Versteck dich nicht.«

Ihr forscher Ton ließ den Jungen, der über und über rot wurde, ins Stottern geraten.

»Ach, ni...nichts. Wa...war nur so dahin gesa...sagt. Die Mädchen sind halt besser in Französisch. Und in Geschichte.«

»Haha, Geschichte«, kam eine andere Jungenstimme, ebenfalls von den hinteren Reihen, und sie klang hämisch.

»Was soll das nun schon wieder heißen?«, fragte die offensichtlich genervte Hauptkommissarin.

Sie fuhr sich ein wenig nervös durch die wuscheligen roten Locken.

»Ach, immer nur die ollen Kamellen vom Dritten Reich. Alles erlogen.«

Er lachte, und Bettina Sonnendecker lachte mit, fragte dann aber ein wenig gekünstelt streng: »Wie heißt du denn?«

Keine Antwort. Da wollte doch jemand provozieren.

»Das ist der Björn Möckel«, erklärte die Mathematiklehrerin, die still in der Ecke neben der Tafel saß und das Verhör verfolgte.

Der Genannte lachte verlegen, und ein breites Grinsen lag auf seinem runden Gesicht.

Björn, natürlich Björn, wer sonst, dachte Karolin Schwinn. Er muss wieder mal auffallen. Ich muss etwas sagen, muss etwas sagen zur Verteidigung von Herrn Sutter. Sie raffte all ihren Mut zusammen und erhob sich.

»Herr Sutter war ein guter Lehrer. Und sein Unterricht war interessant. Und er war hilfsbereit und freundlich.«

»Besonders zu dir, gell?«, der vorlaute Björn Möckel war nicht mehr zu bremsen.

Karolin setzte sich. Sie ärgerte sich darüber, dass sie rot wurde. Sie zitterte am ganzen Körper.

Die Hauptkommissarin erkannte nun in Karolin Schwinn das Mädchen, das sie schon am Vortag in ihrem Elternhaus befragt hatte.

»Können noch andere Mädchen außer Karolin bestätigen, dass ihr Lehrer besonders freundlich zu ihnen gewesen war?« Sie schaute in die Runde, durchbohrte die jungen Leute mit ihren Blicken, schien irgendwie darauf zu warten, dass viele Hände, viele Mädchenhände, in die Höhe schnellten.

Nichts dergleichen geschah.

Enttäuscht klappte Bettina Sonnendecker ihr Notizbuch zu, steckte es zusammen mit dem Stift ein.

»Naja, genug für heute. Ich rate euch dringend, meine Fragen nochmal zu überdenken. Ich komme wieder. Und wenn euch noch was einfällt, vor allem den Mädchen, dann meldet euch bei mir.«

Sie gab eine Kontaktnummer an, schrieb sie an die Tafel.

Sie war die ganze Zeit über elegant auf dem Pult gesessen, eine sehr aparte Erscheinung, und einige Jungs schienen von der weiblichen Ausstrahlung dieser Hauptkommissarin, einem Gemisch von sexy und sportlich, regelrecht fasziniert zu sein.

Aber das forsche, selbstbewusste Auftreten von Bettina Sonnendecker ließ es nicht zu, dass sie diesbezüglich irgendwelche Kommentare von sich gaben, noch nicht einmal getuschelte.

Sie schwang sich vom Pult, verwies noch einmal auf ihre Kontaktdaten und sagte mit gönnerhafter Miene zur Mathelehrerin:

»So, nun dürfen Sie weitermachen.«

Bevor sie zum Klassenzimmer hinausstürmte, drehte sie sich um und warf Karolin Schwinn einen ganz seltsamen Blick zu.

Karolin tat so, als habe sie den äußerst seltsamen Blick nicht bemerkt.

Und sie wusste, was zu tun war. Zum Glück war die leidige Mathematikstunde bald vorüber, nur eine Stunde Religion wäre noch zu überstehen, und dann würde sie heimfahren. Die Sportstunde am Nachmittag beschloss sie zu schwänzen. Es würde ihr schon eine Ausrede einfallen. Es gab Wichtigeres als die Sportstunde, die sie eigentlich liebte.

Viel Wichtigeres!

18. Kapitel | Nochmal Karolin

Als Friedrich Gontard mit Hund Oscar an Lillis schönem alten Haus ankam, war Anna gerade mit dem Lesen der Briefe und des Heftchens fertig. Die Briefe, die Gertrud Grünewald an ihre gerettete Tochter Elsa in England geschrieben hatte, waren wieder sorgfältig mit dem dunkelgrünen Samtband verschnürt worden und lagen auf der Kommode, stumme Zeugen schlimmer, trauriger Zeiten. Das Tagebuch, das Elsas kleine Schwester in den letzten Wochen und Monaten ihres kurzen Lebens in ihrem Dachstübchen oder besser gesagt in ihrem Bretterverschlag geführt hatte, war noch aufgeschlagen auf dem runden Couchtisch neben dem Sofa, das Anna sich als ruhige Oase zum Lesen ausgesucht hatte. Die Enkelkinder waren noch lange nicht zuhause, und auch Lilli käme erst nach 15 Uhr von Landau zurück.

»Die Briefe von Gertrud haben mich erschüttert«, sagte Anna zu ihrem Mann, der sich neben ihr niederließ. Er wirkte müde, aber Anna kommentierte ihre Beobachtung nicht und fuhr fort:

»Sie muss ihre ältere Tochter sehr geliebt haben, doch Elsa hielt sich für ausgestoßen. Warum durfte die kleine Schwester in Deutschland bleiben, bei den geliebten Eltern? Kein Wunder, dass Elsa Grünewald ihrer Tochter Emily so wenig von ihrer Zeit in Deutschland erzählt hat. Da war viel Verbitterung im Spiel, und viel später erst, nach dem Krieg, hat sie ja vom schrecklichen Schicksal ihrer Familie erfahren. Erst dann wurde ihr erst bewusst, dass sie der vermeintlichen Abschiebung in die Fremde ihr Leben zu verdanken hatte.«

»Und kein Wunder, meinst du nicht, Anna, dass Elsas Tochter so viel wert legt auf die Wahrheit, auf Klarheit!«

Friedrich Gontard hatte sich etwas vom Spaziergang erholt. Das

Alter verlangte seinen Tribut. Er berichtete seiner Frau von der Begegnung mit Hannelore Zimmermann, dem fröhlichen Plappermäulchen mit Mops.

»Sie war zwei Männern begegnet, wie auch die Joggerin Karolin Schwinn, und die Beschreibung der beiden Männer glich ziemlich dem, was auch das Mädchen beobachtet hatte.«

Er wollte auf die Beschreibung der Details eingehen, als das Telefon schrillte.

Anna war schneller am Telefon als ihr Mann, der sich mühsam von der Couch hochquälte. Zuhause in Hohenkirch gab es ja kein Sofa, stattdessen antike Sessel und Stühle aus den Epochen von Barock bis Jugendstil, was so manche Besucher, an Ikea-Möbel gewöhnt, zum Staunen brachte.

Ein wenig kam er sich vor wie ein unbeholfener Maikäfer, als er, um Balance bemüht, endlich auf den Füßen stand. Er war sich des etwas grotesken Anblicks bewusst, den er bot, und Anna gab ihm leicht belustigt den Telefonhörer, bevor sie mit ernster Miene sagte:

»Es ist das Mädchen. Karolin Schwinn. Und sie will dich unbedingt sprechen. Sie wirkt ziemlich aufgewühlt.«

Sie ging aus dem Zimmer, denn es war Zeit, etwas zum Mittagessen zu richten. Die Gontards hatten es sich angewöhnt, jeden Mittag ziemlich pünktlich um 12 Uhr »etwas Warmes« zu sich zu nehmen, und Anna kochte gern, nun im Ruhestand lieber als zu ihrer aktiven Zeit als Lehrerin, wo man nach Stundenplan eingespannt war von früh bis spät. In der Schule und ebenso zuhause in der Familie.

Während sie Zucchinis, Tomaten, Auberginen und Paprika fürs Ratatouille schnippelte und Zwiebeln und Knoblauch fein zerhackte, hörte sie durch die offene Küchentür, wie ihr Mann auffallend beschwichtigend auf die Gesprächspartnerin einredete.

»Ja gerne, liebe Karolin, du störst nicht. Komm doch gleich zu uns rüber. Wir sind zuhause.«

»Karolin war das, ja. Sie sagt, sie hat den Sportunterricht geschwänzt und sie möchte mir was Wichtiges mitteilen. Sie habe da was ganz vergessen zu sagen. Aber nun sei es auf einmal wichtig geworden.«

Etwa zehn Minuten später schellte es an der Haustür.

»Du, Friedrich, ich bereite das Ratatouille zu und lass euch allein. Du weißt, wo ich bin, falls das Mädchen etwas ... Trost braucht.«

Sie hantierte mit den Küchenutensilien.

Friedrich Gontard führte das Mädchen in den »Salon«, wie Schwiegersohn Fabrice das Wohnzimmer stets nannte.

Er bot dem Mädchen, das seinen Schulrucksack dabeihatte, also offenbar direkt von der Schule kam, etwas zum Trinken an, doch Karolin winkte ab.

Ja, die jungen Leute haben heute immer eine Wasserflasche dabei, dachte Friedrich Gontard. Es ist in Mode gekommen und wahrscheinlich irgendwie gesünder, wenn man viel Flüssigkeit zu sich nimmt.

Karolin ließ sich in die weiche Couch plumpsen, die Anna und Friedrich mit dem hellbeigen Cordsamt immer unpraktisch vorkam, wenn man bedachte, dass ständig nicht ganz saubere Kinderhände ihre Spuren hinterließen: Von schokobrauner Masse über klebrige Lollis bis zu Erdbeereis war alles vertreten, und schon länger war die schicke helle Couch ein buntes Zeugnis kindlicher Essgewohnheiten geworden. Aber die Großeltern hätten sich eher die Zunge abgebissen als sich in die Möblierung von Lillis Wohnung einzumischen.

»Was hast du auf dem Herzen?«, ermutigte Friedrich Gontard das Mädchen.

»Diese Polizistin war da, diese Kommissarin aus Ludwigshafen. Und sie hat sich eingeschmeichelt, hat auf ›jung‹ gemacht und auf ›sportlich-lässig‹. Und auf cool. Dabei ist sie doch schon über 30 und vielleicht sogar schon über 40.«

Gontard musste schmunzeln. Ja, alle Leute über 30 waren für Teenager alt.

»Ja, Frau Hauptkommissarin Sonnendecker, eine aparte Erscheinung. Und sehr tüchtig.« Gontard versuchte, Brücken zu bauen.

Doch die kritische Schülerin hatte da ihre eigene Meinung.

»Tüchtig? Voller Vorurteile. Und selbstbewusst? Eher autoritär und aufdringlich. Und sie wollte uns mit ihren Fragen in eine bestimmte Ecke drängen, vor allem uns Mädchen.«

»Wie meinst du das? In welche bestimmte Ecke?«

»Sie hat aus uns Mädchen hervorlocken wollen, dass Herr Sutter ein … ein Grapscher war, so ein Aufdringlicher, der den Mädchen in den Ausschnitt guckt und sie betatscht und noch Schlimmeres.«

Karolin wurde nun richtig zornig. »Aber so Einer ist … war er nicht. Kein bisschen. Er wollte uns weiterbringen, uns zu kritischen Menschen erziehen, das hat er oft gesagt.«

Sie schwieg. Da war doch noch eine Information, das spürte Friedrich Gontard. Etwas, das Karolin bedrückte.

»Was war das, was dir anfangs nicht wichtig vorkam und dir dann hinterher, nach dem Verhör bei euch daheim und dann in der Schule doch wichtig erschien?«

»Ja, das war es ja eigentlich, weshalb ich mit Ihnen reden muss, Herr Gontard. Der Hauptkommissarin hab ich das nicht anvertrauen wollen. Die ist doch auf dem rechten Auge blind, sonst hätte sie den Möckel zurechtgewiesen. Björn Möckel, der Herrn Sutter immer dazwischen quasselt, wenn es ums ›Dritte Reich‹ geht. Der hat wieder was Abfälliges in die Richtung gesagt, und die Kommissarin hat nur gelacht. Mitgelacht.«

»Ach ja, das war alles, was du mir sagen wolltest?«

»Da war noch was. Am Tag seiner Ermordung hat Herr Sutter uns morgens im Unterricht ein Heftchen gezeigt und solche Andeutungen gemacht, das sei ein ganz wichtiges Dokument, und das würde uns bestimmt interessieren, und in der nächsten Geschichtsstunde würden wir mehr erfahren. Es sei ein bisschen was wie das *Tagebuch der Anne Frank*, aber von einem anderen jüdischen Mädchen geschrieben. Nicht in Holland, sondern in unserer Gegend, ganz in der Nähe von Niederzell. Und dann kam der Schulgong und die Stunde war aus.«

»Das ist interessant, liebe Karolin. Ich glaube, das wirst du der Hauptkommissarin berichten müssen.«

»Aber nicht gleich, oder?« Karolin sagte es fast flehentlich. »Vielleicht sollten Sie der Sache nachgehen, Sie sind doch ein erfahrener Polizist. Sorry. Kommissar.«

»Exkommissar.«

»Und Sie mochten Herrn Sutter, oder? Und Sie sind nicht blind auf dem rechten Auge!«

»Das hast du richtig erkannt, liebe Karolin. Mein Leben hat mich hellsichtig gemacht für die Verbrechen der Vergangenheit, die oft eine Grundlage sind für neuere, aktuelle Verbrechen.«

»Ich will mal später Geschichte studieren. Das habe ich mir fest vorgenommen. Und Kunst. Auch das weiß ich schon genau.«

»Ja. Und du musst ja bei diesen Phantombildern helfen.«

Karolin öffnete ihren Schulrucksack und zog eine Mappe hervor, die lose Blätter enthielt.

»Hier hab ich versucht, die zwei Männer zu zeichnen, die ich beim Joggen getroffen habe. Ich konnte heute Nacht nicht schlafen. Dauernd hatte ich die Gesichter der beiden vor Augen, da bin ich aufgestanden und habe dies hier gezeichnet.«

Zuoberst lag das Konterfei eines älteren Mannes mit Haarkranz um die sehr hohe Stirn, mit ziemlich hervortretenden Augen, einer schmalen Nase und einem schmalen Mund. Das andere Konterfei zeigte einen jungen Mann mit sehr dunklem Haar, dunklen Augen und einer breiten Nase. Auch der Mund war eher voll und fleischig, das Kinn kantig.

Die linke Hälfte des Gesichts war dunkel schraffiert, und auf der Stirn befand sich eine Art Zeichen. »Ich hatte keinen Rotstift«, sagte Karolin, »sonst hätte ich das Schraffierte rot angemalt. Stirn und Gesicht hatten so was wie ein Mal. Wie verbrannt.«

»Ein Feuermal?«

»Vielleicht, mir ist das erst beim Zeichnen wieder eingefallen.«

Die Skizze in Leni Grünewalds Tagebuch, die Person mit der Gesichtszeichnung, dachte Gontard. Ich muss nun unbedingt mit Emilie Kern darüber reden. Es wird höchste Zeit.

Zwei Gesichter, durch mehrere Jahrzehnte voneinander getrennt. Ein Zufall?

Ja, auch das würde die Hauptkommissarin erfahren müssen, aber Karolin hatte recht. Man sollte noch etwas abwarten. Ich bin nicht der offizielle Ermittler, sagte eine Stimme in Gontard. Eine wohlfeile Ausrede, oder? Der Zweck heiligt die Mittel, sagte eine andere Stimme, und sie war lauter als die erste. Du hältst wichtige Informationen zurück und behinderst die Ermittlungsarbeit dieser jungen Kollegin, der Hauptkommissarin Sonnendecker.

»Liebe Karolin«, sagte Friedrich Gontard, »ich wünsche mir, dass meine Enkelin Lotta später auch mal so ein kluges Mädchen sein wird wie du.«

»Wird sie bestimmt«, kam die prompte Antwort, und sie erhob sich mit einem Schwung, flink und elegant, aus den Polstern der sehr weichen Couch.

»We keep in touch?«, fragte sie.

»Yes, we keep in touch.«

Friedrich Gontard begleitete das Mädchen bis zum Hoftor, auf dessen Pfosten die dicke Glückskatze der Taverniers ein Schläfchen hielt. Karolin winkte kurz und war um die Ecke verschwunden, ihren Rucksack lässig über die Schultern geschlungen.

»Da gibt es Interessantes zu berichten«, sagte Gontard, als er zu Anna in die Küche ging.

»Das kannst du mir beim Kartoffelschälen berichten«, antwortete sie und schob ihrem Mann ein scharfes Messerchen und eine Schale mit gepellten Kartoffeln hin.

Es duftete herrlich nach Herbes de Provence, viel Basilikum und Knoblauch.

»Uh, Knoblauch«, murmelte Gontard, der kein besonderer Freund davon war.

»Gut für dich. Knoblauch senkt den Blutdruck, und wie mir scheint, ist der momentan bei dir eher hoch, mon vieux.«

Und damit lag Anna nicht sehr daneben.

19. Kapitel | Gedanken I

Das wäre noch schöner, wenn ich mir meine Gedanken verbieten lassen müsste.

Wo kämen wir denn da hin? Armes Deutschland. Ja, armes Deutschland.

Meine Zieheltern haben mir eins immer deutlich gemacht: Was sollen wir uns ewig entschuldigen und ewig Asche aufs Haupt streuen, ewig von den alten Sachen reden?

Da kann man sich doch ein Beispiel nehmen an den Engländern. Entschuldigen die sich für ihre Geschichte? Für den Burenkrieg? Die ersten KZs, die sie erfunden haben? Entschuldigen sich die Amerikaner für den Völkermord an den Indianern? Die Türken für den Völkermord an den Armeniern in den 20er Jahren? Die Russen für die Gulags unter Stalin? Die Holländer für ihre Verbrechen in Indonesien und anderswo? Und wir sollen uns ewig wegducken? Wir dürfen nicht zeigen, dass wir wieder jemand sind? Die Lehrer, ja die Lehrer sind heute alle gleichgeschaltet, alle links, alles Kommunisten oder Grüne.

Und dieser Eine ist das beste Beispiel für einen Nestbeschmutzer. Die alten Geschichten wärmt er auf, stochert in der Vergangenheit rum. Macht sich für diese Stolpersteine stark. Seit fünf Jahren geht das schon ungefähr, ich beobachte ihn schon lange und führe Buch, und es wird kommen der Tag, da wird man ihm das Handwerk legen. Er wird seinen Meister finden, und das Blatt wird sich wenden in unserer Gesellschaft. Man wird wieder mit stolzgeschwellter Brust sagen dürfen: Ich bin stolz, ein Deutscher zu sein.

Man wird wieder frei sagen dürfen, was man denkt. Einstweilen geht das nur, wenn man unter Gleichgesinnten ist.

Die Kameraden, die alten und die jungen, die haben Geduld. Es wird kommen der Tag, und dann …

Ja, der Lehrer, der hat den Bogen überspannt. So zu quatschen vor seiner Klasse. Um sich interessant zu machen. Um Eindruck zu schinden. Ja, denen sollte man das Handwerk legen, die uns als geistige Brandstifter bezeichnen, die uns ausbremsen, ausgrenzen. Die uns Patrioten hinstellen, als wären wir Idioten.

Er hätte den Bogen nicht überspannen sollen, er hätte nicht …

Aber er hat es büßen müssen.

Es war Notwehr. Von der Polizistin geht keine Gefahr aus, nicht direkt eine von uns, aber die hat andere Themen. Die interessiert sich nicht für uns. Und das ist gut so. Und jetzt muss ich einen Kranz kaufen. Für unseren Kameraden, der letzte Woche gestorben ist. Ein aufrechter Deutscher. Die himmlischen Heerscharen bereichert er nun. Er ist zum letzten Kampf angetreten. Die Schleife wird schwarz-weiß-rot, wie damals. Und ganz klein der Reichsadler drauf. Und noch kleiner, fast unsichtbar, nur mit der Lupe zu erkennen, das Runenzeichen. Die Swastika. Man muss vorsichtig sein. Noch.

Es wird kommen der Tag, spricht der Herr. Und der Herr ist mit uns.

Es war Notwehr, nichts weiter.

Oder so etwas Ähnliches. Er hätte ja sagen können, wo er es versteckt hat. Und bei so viel Starrsinn rastet doch jeder aus. Kollateralschaden. Nichts weiter.

Immer wieder das Aufwärmen der alten Geschichten. Olle Kamellen. Schnee von gestern. Die Polizistin ist harmlos, aber vor dem Andern muss ich mich in Acht nehmen. Vor dem Alten. Ein schlauer Fuchs. Der hat es immer schon auf uns abgesehen. Dabei war er doch selber mal einer von uns. Damals. In der Wehrmacht, oder? Wehrmachtssoldat. Mitgefangen, mitgehangen. Basta!

20. Kapitel | Schuld und Sühne

Große Sorgen machten sich Anna und Friedrich Gontard um ihre beiden Enkelkinder. Wie sollten sie Fredi und Lotta die Nachricht vom Tod des Nachbarn beibringen, ganz zu schweigen von der Art des Todes?

Wie erklärt man einem fast Achtjährigen und einer fast Fünfjährigen Tod und sogar Mord?

In einem kleinen Dorf spricht sich Extremes schnell herum, doch wie durch ein Wunder schienen weder das Kindergartenkind Lotta noch das Schulkind Fredi viel mitbekommen zu haben von der Tragödie.

Gabriel Sutter war direkt vom Tatort in die Pathologie nach Ludwigshafen gebracht worden, und die Kinder hatten zwar die Sirenen der Polizei gehört, waren aber von Anna abgelenkt worden.

»Da ist vielleicht ein Unfall passiert und da wird jemand ins Krankenhaus gebracht.«

»Wird das wieder heil gemacht?«, fragte die kleine Lotta, und der große Bruder wusste die Antwort:

»Im Krankenhaus werden die Leute gesund gemacht.«

Fredi hatte sich seine kindliche Naivität gänzlich bewahren können, was auch mit der liebevollen Erziehung durch die Eltern Lilli und Fabrice zu tun hatte, die ihre Kinder so lange wie möglich von den schrecklichen Dingen des Lebens abzuschirmen versuchten. Behutsam zu erklären, was schwer zu erklären war. Ein pädagogisches Kunststück, zugegeben. Und manchmal auch eine Gratwanderung zwischen Schweben in Wolkenkuckucksheim oder über Abgründen.

»Herr Sutter ist leider gestorben«, mussten die Erwachsenen dann doch den Kindern erklären. Zum Glück fragten sie nicht weiter nach dem Wie und Warum. Für die Kleinen war Gabriel Sutter ein alter Mann, zumal er älter aussah, als er war, und so akzeptierten sie die Antwort. Alte Leute starben manchmal, das hatten sie schon mal gehört.

Und so mussten die Erwachsenen nicht lügen.

Friedrich Gontard hatte sich schon insgeheim eine Erklärung zurechtgelegt, falls Fredi, das Schulkind, ihn danach gefragt hätte, was ein Mord war und warum Menschen andere Menschen umbrachten.

Es gibt viele Gründe dafür, hätte er dem Enkel erklärt, aber es wäre nicht leicht gewesen, dem fast Achtjährigen die Begriffe Habgier, Rache, Eifersucht klarzumachen.

Doch er hätte gewiss seine eigene Rolle als ehemaliger Kriminalkommissar ins Spiel gebracht:

»Dein Großvater hat schon viele Morde aufgeklärt und so dafür gesorgt, dass Gerechtigkeit geschieht.« Gerechtigkeit, wieder solch ein abstrakter Begriff. Wie erkläre ich einem Kind, was Gerechtigkeit ist?

Schuld und Sühne? Nein, der Kriminologe stieß an seine Grenzen, dem Enkel etwas zu erklären, das er selbst nicht immer hatte herbeiführen können: angemessene Sühne für schuldhaftes Verhalten. Und er war dankbar und erleichtert, dass Fredi vorerst keine weiteren Fragen stellte.

21. Kapitel | Spekulationen

Anna hatte mit ihrem Mann vereinbart, dass sie sich um die Enkelkinder kümmern würde, während die vereinbarte Beratungsstunde mit den Lessings, Emily Parker und Emilie Kern abgehalten würde.

Tochter Lilli kam müde nachhause. Es war ein anstrengender Vormittag gewesen. Neben dem Unterricht Gespräche mit den Eltern der Jungs, die sich während des Landschulheimaufenthalts geprügelt hatten. Die Eltern der zwei Kampfhähne waren wenig kooperativ gewesen und hatten versucht, ihre Sprösslinge mit allen Mitteln zu verteidigen. Lilli und ihr Kollege Christian Gemar mussten sich sogar für ihren Entschluss rechtfertigen, die Klassenfahrt abzubrechen. Zum Glück konnten beide mit der vollen Unterstützung der Schulleitung und des Personalrats rechnen. Es ging nicht an, dass aggressives Verhalten geduldet und als »Kinderei« verharmlost wurde. Dahin ging nämlich die Strategie der Elternpaare der beiden Unruhestifter.

Fredi und Lotta rannten ihrer Mama entgegen. Fredi brauchte ein wenig Hilfe bei den Hausaufgaben, und Lotta schleppte das Spiel *Hexentanz* heran, damit Lilli mit ihr spielte. Anna übernahm beides und schickte ihre Tochter nach oben zum Ausruhen. Friedrich Gontard war vom schlechten Gewissen geplagt, dass er die Lessings und die beiden »Emilien« eingeladen hatte, aber Lilli winkte ab:

»Schon gut, Papa, wir wollen doch alle, dass es mit diesem Fall vorangeht. Du kannst doch was bewirken, denke ich.«

Hatte Lilli etwas mitbekommen von der Widerspenstigkeit der ermittelnden Hauptkommissarin?

»Oma spielt mit uns *Hexentanz*«, rief Lotta fröhlich vom oberen Stock her, und Fredi meinte:

»Und dann machen wir zusammen Hausaufgaben, Oma und ich. Mal sehen, ob sie rechnen kann.«

Oje, dachte Friedrich Gontard, der die Rechenkünste seiner Frau Anna kannte, ob das mal gutgeht?

Die Gäste waren pünktlich, und nun wurden allerlei Informationen ausgetauscht.

Friedrich Gontard zeigte Emilie Kern die Zeichnung, die Karolin Schwinn angefertigt hatte, und man verglich diese Zeichnung mit der aus Leni Grünewalds hellblauem Heftchen.

Die Wirkung der beiden Skizzen auf Emilie Kern war gewaltig. Die alte Frau fasste sich ans Herz, sie rang nach Luft, sie fand keine Worte.

Besorgt umringten die anderen Gäste die geschockte Frau, doch Friedrich Gontard gelang es, sie zu beruhigen.

»Das ist nicht möglich!«, rief Emilie Kern, nachdem sie wieder ein wenig zu Atem gekommen war. »Das Gesicht von früher, das Leni gezeichnet hat. Es ist in meiner Erinnerung doch ganz ähnlich mit dem Gesicht, welches das Mädchen gezeichnet hat. Das war Kuno Eckert aus dem Nachbarort, der immer um unser Haus rumgestrichen ist. Sein Vater war dort Ortsgruppenführer. Der schlimmste Nazi weit und breit, wie meine Eltern immer gesagt haben. Meine Mutter vor allem hat die Familie gekannt, und sie hat einmal gesagt: ›Die sind alle so voller Hass, die Eckerts, vor denen muss man sich in Acht nehmen. Das sind Hundertprozentige. Hundertprozentige Hitleranhänger.‹«

Sie pausierte, und Friedrich Gontard schob ihr ein Glas Wasser hin. »Und ich erinnere mich jetzt an noch was. Mein Vater hat gesagt, am Tag, nachdem die Leni plötzlich … verschwunden war: ›Der junge Eckert war dabei, der mit dem Mal im Gesicht.‹ Und da ist es, das Mal.«

Emilie Kern deutete mit ihrem von Arthrose gekrümmten Zeigefinger auf die Skizze, die die kleine Leni Grünewald im Jahr 1942 gezeichnet hatte. »Ein Brandmal, vielleicht auch ein Feuermal?«

»Ein Brandmal vererbt sich nicht, ein Feuermal aber sehr wohl«, sagte Friedrich Gontard in die Stille hinein.

»Mit anderen Worten?« Thomas Lessing zögerte.

Seine Frau vollendete den Satz an seiner Stelle:

»Mit anderen Worten, die beiden Gesichter gleichen sich nicht zufällig. Der junge Mann, den Karolin Schwinn skizziert hat, könnte mit dem andern jungen Mann aus Leni Grünewalds Heftchen … verwandt sein?«

Susanne Lessings Einwand war eher eine Frage als eine Feststellung. Alles war Vermutung. Nicht mehr.

Emily Parker wollte gerade etwas sagen, aber lautes Klingeln an der Haustür ließ alle aufhorchen und Emily Parker ihren Einwand vergessen.

22. Kapitel | Abbitte

Gleich darauf kam Anna ins Zimmer und brachte einen Gast mit. Hauptkommissarin Bettina Sonnendecker stürmte ihr voran, und alle Anwesenden dachten wohl das Gleiche: Solch eine hübsche junge Frau und solch ein Trampelgang. Anna zog sich diskret zurück und sagte: »Lilli hat gesagt, sie übernimmt nun die Kinder. Das lenkt sie ab, sie findet eh keine Ruhe. Und ich bringe euch Kaffee und Kuchen.«

Von draußen wieder Hundegebell, das Lachen von Fredi und Lotta und ihrer Mutter Lilli, die froh darüber schien, sich nun den eigenen Kindern widmen zu können nach dem Stress der letzten Tage.

Friedrich Gontard, der ziemlich verwundert war über den unerwarteten Besuch, stellte die junge Kollegin vor und nannte seine Gäste namentlich.

»Was führt Sie zu uns, Frau Sonnendecker?«, fragte er.

Die Hauptkommissarin reichte ihm wortlos einen Umschlag.

»Hier, das haben meine Leute von der Spurensicherung heute Morgen im Haus von Gabriel Sutter gefunden. In einer Schatulle. Ich hatte nochmal eine Nachuntersuchung angeordnet. Es ließ mir irgendwie keine Ruhe. Lesen Sie.«

An die anderen Gäste gewendet sagte sie:

»Das hätte ich eigentlich lieber mit Herrn Gontard unter vier Augen besprochen, aber …«

»Liebe Frau Kollegin«, unterbrach Friedrich Gontard, der mittlerweile die beiden Zettel im Umschlag gelesen hatte, »das ist nicht nötig. Sie werden nun merken, dass Sie genau zum richtigen Zeitpunkt gekommen sind, denn die hier Anwesenden haben Ihnen wichtige Mitteilungen zu machen. Sie sind mir nun zuvorgekommen. Das schlechte Gewissen hätte mich früher oder später zu Ihnen getrieben, denn ich … wir haben Ihnen einige Beweismittel vorenthalten, wenn auch nicht aus böser Absicht. Sagen wir lieber: Wir haben die Informationen zurückgehalten, und ich sage Ihnen auch warum.«

Er fügte hinzu: »Ich habe, wie Sie sehen, die beiden Zettel eben schnell überflogen, und sie treffen sich exakt mit meiner Vermutung, was das Mordmotiv betrifft. Darf ich vorlesen?«

Er wartete die Antwort nicht ab, und seine Stimme klang fast ein bisschen triumphierend.

Er nahm den ersten Zettel und las:

»Den Schnüfflern und Nestbeschmutzern soll endlich das Handwerk gelegt werden. Woher haben Sie denn eigentlich Ihre Informationen zu dem, was Sie Naziverbrechen nennen? Aus dem Internet? Es sind alles Lügen. Die Lügenpresse, die Lügenmedien werden gesteuert, und Sie wissen ja woher. Den Holocaust hat es niemals gegeben.«

Friedrich Gontard machte eine kleine Pause. Die Schmähzeilen des zweiten Zettels lauteten wie folgt: »Wenn Sie weiterhin in Ihrem Unterricht Lügen verbreiten, werden Sie das sehr bereuen. Und nun wollen Sie auch noch in einer alten Geschichte herumschnüffeln. Das ist Ihr Verhängnis. Es gibt Mittel und Wege, Leute wie Sie zu stoppen.«

Diesmal war der Brief unterschrieben.

»Diese Worte an Sie sind von einem aufrechten Deutschen geschrieben. Dies ist die letzte Warnung.«

Es herrschte eine betretene Stille im Raum.

»Ich muss mich, glaube ich, bei Ihnen entschuldigen, Herr Gontard«, sagte Bettina Sonnendecker ungewohnt leise. Es fiel ihr offenbar nicht leicht, Abbitte zu tun.

»Diese Drohungen werfen nun doch ein anderes Licht auf den Fall.«

Anna kam mit einem großen Tablett mit Kaffee, Tee und diversen Kuchenstücken ins Zimmer und stellte alles ab. Sie holte Geschirr und Besteck aus dem elsässischen Weichholzschrank, und in Windeseile war ein schöner Kaffeetisch gedeckt.

»Lasst es euch schmecken«, sagte sie. »Ich bleibe draußen bei Lilli und den Kindern im Garten. Es ist Regen gemeldet für heute Abend, machen wir das Beste draus, solange es noch schön ist.«

Und schon war sie verschwunden.

Friedrich Gontard kannte seine Frau gut genug, um zu wissen, dass sie gerne bei der Kaffeerunde dabei gewesen wäre, aber er kannte auch ihre Prioritäten. Die Liebe zu den Enkelkindern ging vor und übertraf ihre Neugier.

»Sie haben mir Ihre Beweisstücke gezeigt, Frau Kollegin, und nun zeige ich Ihnen unsere Beweisstücke. Und Sie sollten wissen, weshalb diese Herrschaften hier sind. Beginnen wir mit unserm Gast aus England. Emily Parker ist die Tochter von Elsa Grünewald, einer deutschen Jüdin, die 1939 mit dem allerletzten Kindertransport nach England gerettet wurde.«

»Ja, meine Mutter war eins von 1000 jüdischen Kindern, die im letzten Moment vor Ausbruch des Krieges von einer netten Familie aufgenommen wurden. Die Eltern meiner Mutter und ihre kleine Schwester Leni kamen in einem Vernichtungslager in Polen um. In Izbica. Und das ist keine Lüge, wie dieser Mensch in seinem schlimmen Brief an Herrn Sutter schreibt.«

»Und Emilie Kern ist eine Freundin von Leni Grünewald gewesen«, fuhr Friedrich Gontard fort.

»Ja, und meine Eltern haben Leni versteckt, doch alles ist aufgeflogen …« Emilie Kerns Stimme geriet gefährlich ins Wanken, und Friedrich Gontard übernahm an ihrer Stelle das Wort.

»Ja, und wir nehmen an, dass Leni damals verraten wurde. Es gibt Briefe von Lenis Mutter Gertrud Grünewald an ihre Tochter Elsa nach der Flucht nach England, und in einem dieser Briefe wird angedeutet, dass Leni Angst hatte, verraten zu werden. Und es gibt noch ein Heftchen von Leni, das Frau Kern neulich erst, nach all den Jahren, im Versteck ihrer Freundin gefunden hat. Da steht ziemlich eindeutig, dass Leni tatsächlich verraten wurde. Frau Kern hat auch eine Vermutung, was die Identität des Verräters betrifft.«

»Mir schwirrt aber nun wirklich der Kopf«, sagte die Hauptkommissarin. »So viele Informationen, und die beziehen sich doch auf eine längst vergangene Zeit und auf einen längst verjährten Fall.«

»Aber sehen Sie nicht den Zusammenhang?«

Zum ersten Mal meldete sich Thomas Lessing zu Wort: »Da war jemand auf der Spur eines ›alten Falls‹, wurde bedroht und ermordet. Das sehe ich doch richtig als Nichtkriminologe?«

Der letzte Satz war an Friedrich Gontard gerichtet, der nickte und dann sagte:

»Und Sie, Frau Hauptkommissarin, sollten nun die Briefe von Gertud Grünewald zum Lesen bekommen, auch das Tagebuch der Anne …«

Fast hätte er gesagt Das Tagebuch der Anne Frank. Doch er berichtigte sich: »Das Tagebuch der Leni Grünewald.«

Hiermit übergab er die beiden Dokumente, die hinter ihm auf der Kommode lagen, an die junge Frau.

»Und damit Sie die Verbindung des alten Falls mit dem neuen Fall noch deutlicher sehen, sollten Sie sich diese beiden Skizzen ansehen, die unsere Hauptzeugin Karolin Schwinn angefertigt hat. Vor allem die Skizze des jüngeren der beiden Männer, die ihr beim Joggen begegnet sind, ist aufschlussreich und trifft sich mit einer Skizze, die Leni Grünewald in ihrem Tagebuch hinterlassen hat. Aber ich weiß, das ist ein wenig zu viel auf einmal. Lesen Sie in Ruhe und schauen Sie genau hin.«

»Wieso …?« Man merkte der Hauptkommissarin an, dass sie leicht verstimmt war, vielleicht auch überfordert.

Friedrich Gontard lenkte ein, und er verstand es mit seiner diplomatischen Art, die Wogen zu glätten, bevor es zu einem Sturm kam.

»Das Mädchen, mit Verlaub, hatte den Eindruck, dass Sie in eine bestimmte Richtung hin ermitteln, und da vertraute sie sich mir an und zeigte mir die Skizzen. Sie hat extra den Sportunterricht dafür geschwänzt. Sie sollten dem Mädchen deshalb nicht böse sein. Karolin ist ein intelligentes und kritisches junges Mädchen. Sie hat ein großes Maltalent, wie übrigens auch Leni Grünewald damals, und Sie wird Ihnen beim Erstellen des Phantombilds sehr hilfreich sein.«

»Für mich ist der Fall kein Cold Case«, vernahm man nun Emily Parkers Stimme. Sie war während des ganzen Gesprächs auffallend zurückhaltend gewesen.

»Und bitte, Frau Sonnendecker, bitte, Herr Gontard, helfen Sie, dass Gerechtigkeit geschieht. Ich wünsche Ihnen eine gute Zusammenarbeit, ein joint venture. Im Namen meiner ermordeten Tante Leni und des ermordeten Gabriel Sutter, der übrigens ein ganz entfernter Verwandter von mir war und der Cousin von Frau Lessing. Das sollten Sie wissen, Frau Sonnendecker.«

Mit einem flüchtigen Blick auf die Hauptkommissarin, die auf einmal sehr nachdenklich und still geworden war, dachte Friedrich Gontard: Da hat die junge Frau etwas kapiert und sich von ihrem Tunnelblick verabschiedet. Sie hat erkannt, dass Gabriel Sutter nicht Täter, sondern ganz und gar Opfer war.

Es begann zu regnen.

Die Kinder, gefolgt von Hund Oscar, kamen nun ins Haus, und Anna und Lilli brachten die Sonnenschirme, Spielsachen und Kissen für die Gartenmöbel schnell ins Trockene. Es goss wie aus Riesenkübeln, und Friedrich Gontard sagte:

»So, nun müssen alle hierbleiben für eine zweite Runde Kaffee und Kuchen.«

»Das ist ja wie bei Shakespeare«, rief Susanne Lessing. »Comic Relief. Dramatisches Geschehen oder Gespräche über ein trauriges Thema werden mit einem Schwung weggezaubert durch etwas Lustiges oder etwas Angenehmes.«

»Ja«, sagte Emily Parker, »dafür lieben wir Shakespeare so sehr. Er hat gewusst, dass beides im Leben eng beisammen liegt, das Helle und das Dunkle, wie in einem Wollknäuel.«

Anna, die gerade mit einem großen Teller mit Kuchennachschub ins Zimmer kam, freute sich:

»Ja, Susanne hat in meinem Englischunterricht damals aufgepasst. Wie schön. Dann war es doch nicht vergeblich, euch Pubertierenden damals den alten William schmackhaft machen zu wollen.«

Lilli gesellte sich nun mit den Kindern zur Kaffeerunde, und als Oscar zum Zimmer hereinbrauste und sein feuchtes Zottelfell schüttelte, mussten alle lachen.

»So viel Shakespeare hätte ich in Deutschland nicht vermutet«, sagte Emily Parker. »Das hätte unsern berühmten Barden gefreut.«

Der Appetit der jungen Hauptkommissarin ist übrigens wieder einmal der Beweis dafür, dass Kuchen nicht unbedingt dick macht, dachte Friedrich Gontard.

Wer zwei Stück Kuchen und zwei Stück Torte verträgt und dabei so gertenschlank ist wie Bettina Sonnendecker, der ist wahrlich zu beneiden, das dachte er auch, und er schaute mit etwas schlechtem Gewissen auf seinen nicht sehr flachen Bauch hinab.

Und noch ein Gedanke ging ihm durch den Kopf. Wie gut, dass die junge Frau ihn nicht gefragt hatte, woher er das Heftchen von Leni Grünewald hatte. Aber sie konnte ja nicht wissen, dass es zwischenzeitlich im Besitz von Gabriel Sutter gewesen war und dass ein kleiner Einbruch nötig gewesen war, es zurückzubekommen, nachdem man ihn ermordet hatte.

Gontard und die Hauptkommissarin verblieben so, dass sie nach ihrer Lektüre des Tagebuchs und der Briefe beraten würden, wie die Ermittlungen weitergehen sollten.

Nachdem alle Gäste verabschiedet worden waren, dauerte es nicht lange, bis Fabrice Tavernier nach Hause kam. Der Rechtsanwalt-Kongress war vorüber. Er war froh, wieder zuhause zu sein.

Die Geschenke, die der Papa Fabrice aus Straßburg mitgebracht hatte und die Freude darüber, dass die Familie nun wieder komplett war, überlagerte zunächst das schlimme Geschehen während seiner Abwesenheit. Die Eltern und Großeltern hatten sich schon im Vorfeld abgesprochen, dass das Thema vor den Kindern möglichst nicht zur Sprache kommen solle.

Erst als Lotta und Fredi zu Bett gebracht worden waren, unterhielten die Erwachsenen sich lange über das Verbrechen, wobei Friedrich Gontard darauf bedacht war, Spekulationen beiseite zu lassen und sich auf die Fakten zu beschränken.

»Heute habe ich wieder mal erfahren, dass man Menschen nicht vorschnell beurteilen soll. Ich glaube, Frau Sonnendecker ist lernfähig.«

Und er stellte sich vor, dass sie vielleicht gerade eben das Tagebuch eines bedrohten Kindes und die Briefe einer besorgten Mutter las und sich von beiden Zeitdokumenten berühren ließ. Er sah förmlich, wie Bettina Sonnendecker das Samtband von Gertrud Grünewalds Briefbündel löste und Lenis hellblaues Heftchen öffnete.

Er wünschte sich ferner, dass die Hauptkommissarin die Verbindung zwischen dem »verjährten« und dem aktuellen Fall sehen und daraus ihre Konsequenzen für die weiteren Ermittlungsschritte ziehen möge.

23. Kapitel | Nächtlicher Besuch

Emilie Kern war ihr Leben lang eine furchtlose Person gewesen. Ihrer strengen Lehrerin hatte sie als Kind trotzig die Handfläche dargeboten, damit diese die »Tatzen« austeilen konnte, die Schläge mit der Haselrute für sogenanntes aufmüpfiges Benehmen oder auch für die falsche Antwort im Rechenunterricht. Sie hatte nicht gezuckt und auch nicht geweint, als sie die roten Striemen sah, die zu bluten begannen. Und sie hatte auch daheim geschwiegen und den Eltern nichts von dem Strafgericht gesagt. Sie hatte einmal eine tote Ratte, die niemand anfassen wollte, in Zeitungspapier eingepackt und im Garten vergraben, sie hatte Nachbars Bertram, der zur Bösartigkeit neigte und der ihr einmal eine Kreuzspinne ins Genick setzte, nur stumm angesehen und sich die Entsetzensschreie verkniffen. Den Triumpf gönnte sie dem hinterlistigen Kerl nicht.

Sie hatte nachts oft vergessen, die Haustür abzuschließen, und sogar nun, wo sie eine alleinlebende »alte Jungfer« war, bewahrte sie sich ihr Vertrauen in die Ehrlichkeit ihrer Mitmenschen und schob keinen Riegel vor die Tür. Sie, die nach außen hin alt und verletzlich wirkte, war in Wirklichkeit stark und furchtlos.

Auch als in der Nacht nach der Zusammenkunft ein Geräusch sie weckte, verlor Emilie Kern nicht ihre besonnene Ruhe. Keine Panik, kein Zittern, keine Angst, als sie Schritte hörte, die den Holzfußboden im Wohnzimmer zum Knarren brachten und die sich schließlich ihrem Schlafzimmer näherten. Sie hielt den Atem an, hörte ihr Herz laut pochen. Sie beschloss, und fast hätte sie deshalb lachen mögen, sich tot zu stellen. Es war vielleicht nur eine Katze, die durchs Oberlicht in der Küche hereingekommen war, oder ein Marder oder ein Frettchen oder sonst ein wendiges Tier.

Sie hatte keine Angst vor Tieren, dann eher doch vor Menschen, wenn überhaupt. Und wenn es ein Dieb war, so wäre er enttäuscht. Es gab in diesem Haushalt keine Reichtümer, die es wert waren, gestohlen zu werden. Nichts, wofür man sie bedrohen würde. Oder sogar töten? Nun wurde es Emilie Kern, der Unerschrockenen, doch etwas bang ums Herz. Und wenn die Absicht des Eindringlings, sofern es sich um einen Menschen handelte, nicht etwa Geldgier war? Wenn eine andere Motivation dahintersteckte? Ich bin eine Zeugin, ging es ihr blitzschnell durch den Kopf. Ich habe Gabriel Sutter unterstützt in seinem Bemühen, »alten Geschichten von damals« nachzugehen, und ich habe, wenn auch nicht hundertprozentig, wohl einen Denunzianten entlarvt. Zumindest habe ich eine Vermutung diesbezüglich.

Emilie Kern stieg nun aus dem Bett, ganz vorsichtig, und sie schlich sich auf Zehenspitzen zur Tür.

Sie lauschte, und beim Hineinhorchen in die unheimliche Dunkelheit, die bedrückende Stille konnte sie das schwere Atmen einer Person auf der anderen Seite der Tür hören. Später, als alles vorbei war, blieb nur die vage Erinnerung an ein Aufreißen der Tür, einen Griff nach ihrem linken Arm und einen dumpfen Schlag gegen ihren Kopf, gegen ihre Brust, ein Wegsacken ihres Körpers. Schritte, die sich entfernten, deutete sie im Nachhinein als den letzten Nachhall vor dem Versinken ins Nichts. Und ganz verschwommen war da die Ahnung von einem Gesicht, das sich über sie beugte. Von einem seltsamen Gesicht.

Eine Katze, die irgendwie mit dem nächtlichen Eindringling zusammen ins Haus gelangt war, strich um die Beine der am Boden Liegenden, entfernte sich und verließ das Haus durch die offenstehende Tür, als sei nichts geschehen.

Der Regen, der am Abend eingesetzt hatte und im Laufe der Nacht immer stärker wurde, peitschte gegen die Tür und ließ sie rhythmisch auf- und zuschlagen. Das Geräusch erregte die Aufmerksamkeit einer Nachbarin, die aufschreckte, beherzt das Haus von Emilie Kern betrat und die Besitzerin in hilflosem Zustand vorfand.

Der aufmerksamen Nachbarin war es zu verdanken, dass das Leben der Überfallenen noch zu retten war.

24. Kapitel | Die Fahndung

Der Krankenhausbesuch bei Emilie Kern, die aus ihrer Bewusstlosigkeit erwacht war, hatte nicht viel zutage gebracht. Hauptkommissarin Sonnendecker und Friedrich Gontard konnten zwar erfahren, was sich unmittelbar vor dem Überfall ereignet hatte, doch die Patientin konnte keine Beschreibung der Person abgeben, die ihr den nächtlichen Besuch abgestattet hatte.

Es trug zur Beruhigung der beiden Kriminologen bei, dass der behandelnde Arzt versicherte, die Kranke würde mit Ruhe und Geduld wiederhergestellt werden.

»Wir werden den Verbrecher finden«, sagte Bettina Sonnendecker. »Mit Sicherheit, liebe Frau Kern.«

Eine Wandlung war in der jungen Hauptkommissarin vor sich gegangen, nicht nur durch das neuerliche verbrecherische Geschehen.

»Ich habe alles gelesen, Herr Gontard«, hatte sie gesagt, während sie zum Krankenhaus St. Vincentius nach Landau gefahren waren. »Die Briefe und das Tagebuch. Ich war wirklich verblendet, aber jetzt erscheint mir plötzlich alles in einem ganz anderen Licht. Die Fahndung nach den zwei Männern, die Karolin Schwinn gesehen hat, läuft auf vollen Touren. Vielleicht sind sie ja nur Zeugen. Ein auffälliges Gesichtsmal hat noch nichts zu sagen.«

»Emilie Kern hat von einem Kuno Eckert gesprochen, der in ihrer Erinnerung aufgetaucht ist, als sie die Zeichnung in Lenis Tagebuch gesehen hat. Und sie glaubt, dass er damals der Denunziant war. Der Kerl, der Leni verraten hat. Wir sollten nach diesem Kuno Eckert suchen, der wohl in Niederzell wohnt, wie Frau Kern annimmt. Falls er überhaupt noch lebt.«

»Ich nehme das in die Hand«, hatte die Hauptkommissarin gesagt.

Eine junge blonde Krankenschwester kam den beiden nachgeeilt. »Unsere Patientin hat nach Ihnen verlangt«, sagte sie mit einem starken östlichen Akzent.

»Ob ihr noch etwas eingefallen ist?«, meinte Bettina Sonnendecker, und ging mit ihren trampeligen Schritten voran. Sie nimmt den Fall endlich ernst, dachte Friedrich Gontard. Und er folgte seiner jungen Kollegin, wenn auch mit einiger Mühe. Etwa vierzig Lebensjahre lagen zwischen den beiden, und der alte Exkripochef spürte sein Alter immer schmerzlicher. Und das nicht erst seit gestern.

»Da war ein komisches Gesicht über mir«, flüsterte Emilie Kern ganz heiser. Ihre Stimme hatte offenbar unter der nächtlichen Attacke gelitten.

»Ich hoffe, ich hab das nicht nur geträumt. Ein Gesicht wie auf Lenis Zeichnung. Oder wie auf der Zeichnung von dem Mädchen, das … Ach, ich vergesse alles. Wie hat sie nochmal geheißen?«

»Karolin«, half Friedrich Gontard aus.

»Ach, Sie müssen mich für verrückt halten, und ich kann ja selbst nicht mit Sicherheit sagen, ob ich das alles nicht nur geträumt habe. Mein Kopf tut so weh.«

Erschöpft ließ sie sich in die Kissen zurückfallen.

»Wir lassen Sie jetzt schlafen, liebe Frau Kern«, sagte Friedrich Gontard.

»Und wir halten das, was Sie uns eben erzählt haben, nicht für Gefasel«, bestätigte die Hauptkommissarin.

»Ruhen Sie sich aus. Sie haben uns sehr geholfen mit Ihrer Mitteilung.«

Die junge Krankenschwester kam mit einem Teetablett ins Zimmer, und die Patientin lächelte den beiden Besuchern müde zu.

»Eine schwere Gehirnerschütterung. Die Arme«, sagte Bettina Sonnendecker. Und sie zog die Tür behutsam zu.

Sie verließen diskret und schweigsam das Krankenhaus.

25. Kapitel | Gedanken II

Ein Denkzettel sollte es sein. Nichts als ein Denkzettel für eine Schnüfflerin und auch eine Warnung an den andern Schnüffler. Und wenn es mehr als ein Denkzettel wird, soll es mir auch recht sein. Vielleicht wäre es besser gewesen, ich hätte gleich den Anderen besucht, aber das wäre schwieriger gewesen. Ein Haus voller Leute, dazu noch ein Hund. Dagegen eine Alte, die allein lebt, das ist eine leichte Sache.

Obwohl ich mich beinahe verrechnet hätte, denn wäre die Nachbarin noch früher aufgewacht und aufmerksam geworden, hätte es brenzlig werden können für mich. Ich werde den Anderen nicht aus den Augen lassen, und er wird der Nächste sein. Ich muss geduldig sein und die passende Gelegenheit abwarten. Das Glück ist mit dem, der warten kann, so heißt es doch. Es wird kommen der Tag …

26. Kapitel | Ein Konzertabend

Anna erwartete ihren Mann und erfuhr von ihm, was sich beim Krankenhausbesuch ergeben hatte.

Während seiner Abwesenheit hatte sie mit Lessings in Hohenkirch telefoniert, die mit Emily Parker gerade beim Frühstück saßen. Die Nachricht vom Überfall auf Emilie Kern nahmen sie mit großer Bestürzung zur Kenntnis.

Eine gewisse Erleichterung löste jedoch die Nachricht aus, dass die Überfallene keinen größeren physischen Schaden davongetragen hatte.

Die Kinder waren noch außer Haus, Lilli war noch nicht von Landau zurück, und Fabrice Tavernier war in sein Büro nach Wissembourg gefahren.

»Viel Arbeit wartet auf mich, ma chère belle-maman«, hatte er gesagt. Anna und ihr Schwiegersohn verstanden sich blendend.

»Da ist einfach so viel liegengeblieben all die Tage über«, hatte er geseufzt. »Und der Kongress in Straßburg, der war einfach ennuyeux et superflu.«

»Ja, so kamen mir immer unsere Schulkonferenzen vor«, hatte Anna bestätigt. »Langweilig, überflüssig … und völlig nervtötend.«

»Oui, énervant, exactement.«

»Ich habe während unserer nervigen Konferenzen immer gezeichnet«, hatte Anna gesagt. »Oft waren es Karikaturen unliebsamer Kollegen. Zum Glück gab es nicht viele davon.«

Fabrice Tavernier hatte gelacht: »Eh bien, nicht jeder hat eine solch freche Schwiegermama wie ich. Nun muss ich aber los.«

Und er hatte das Haus verlassen.

»Der Hauptkommissarin überlasse ich nun mal vorläufig ganz und gar das Feld«, sagte Friedrich Gontard zu Anna.

»Nun, wo sie so ernsthaft bemüht ist, will ich mich nicht zu sehr einmischen. Sie fahndet nach mysteriösen Personen mit seltsamen Gesichtern, um es mal so zu nennen. Und sie will diesen Kuno Eckert ausfindig machen: den Denunzianten … den möglichen Denunzianten von damals.«

Anna rief plötzlich aus:

»Du, Friedrich, nun fällt mir siedend heiß etwas ein. Wir haben Karten für ein Konzert in Schwetzingen.«

»Ist doch schön.«

»Ja, aber das Konzert ist heute Abend. Ich hatte das völlig vergessen.«

»Kein Wunder bei all dem, was die letzten Tage so passiert ist. Da denkt doch keiner ans Vergnügen.«

»Vergnügen, ja, aber in diesem Fall keine leichte Kost, mein Lieber«, sagte Anna. »Keine kleine Nachtmusik und keine Zauberflöte.«

»Sondern?«

»Gustav Mahlers *Kindertotenlieder* und vertonte Rückertgedichte von anderen Komponisten.«

»Ein Liederabend, wie schön trotz des traurigen Themas. Aber traurig-schön mag ich doch.«

»Ja, ich kenne dich, du morbider Romantiker. Mit deinem Hang zur Melancholie. Liebesschmerz und Todessehnsucht und all das.«

»Naja, vielleicht nicht ganz so krass, aber ich habe da eine Idee. Wollen wir die Lessings und Emily Parker nicht einladen zu dem Konzertabend?«

Schon lange waren die Gontards nicht mehr in Schwetzingen gewesen.

Sie hatten, spontan wie sie waren, Emily Parker in Hohenkirch abgeholt, die freudig zugesagt hatte. Susanne und Thomas Lessing hatten zum Elternabend ihrer Tochter Cordelia fahren müssen, außerdem hatten sie ehrlich zugegeben, dass sie keine Freunde klassischer Musik waren.

Karten wären noch dagewesen, aber ein Liederabend, zudem dieses Thema, zu traurig für einen Sommerabend?

Selbst die beiden hochkarätigen Interpreten, der Tenor Thomas Hampson und Michael Gees am Klavier, sollten an diesem Abend das Rokokotheater des Schwetzinger Schlosses nicht bis zum allerletzten Platz füllen können.

Die Gontards hatten die Gelegenheit wahrgenommen, in ihrem Haus und im Garten in Hohenkirch nach dem rechten zu schauen, doch auf die fleißige Samira war Verlass wie immer. Sie hatte sorgfältig die Blumen und Sträucher gegossen, außerdem hatte es zum Glück ja auch einmal kräftig geregnet.

Als die Gontards und ihr englischer Gast nun in Schwetzingen ankamen, sagte Anna: »Zeit genug, einen Spaziergang im Park zu machen.«

Emily Parker, die noch nie zuvor in Schwetzingen gewesen war, rief begeistert aus:

»Das sieht ja hier aus wie Klein-Versailles.«

»So war es ja wohl auch gedacht«, meinte Anna.

»Aber der Kurfürst Carl Theodor hat dann in der Mitte des 18. Jahrhunderts und etwas später was ganz Eigenes schaffen lassen. Da sind nicht nur die gezirkelten Blumenrabatte und die Wasserspiele und die Broderien, sondern der Schlosspark ist auch ein wunderschöner Landschaftsgarten.«

»Broderien?«, wunderte sich Emily Parker.

»Ja, das sind die Blumenbeete, die wie Stickereien aussehen, mit kunstvoll bepflanzten Blumen.«

»Und England hat ganz wichtige Impulse gegeben. Die freie Gartenkunst, weg vom symmetrischen barocken Park«, erklärte Friedrich Gontard. »Das macht den großen Charme vom Schwetzinger Park aus: der englische Gartenstil, nicht so sehr der französische!«

Die drei Besucher waren an der Orangerie vorbeigekommen, an den Skulpturen der vier Jahreszeiten. Sie schlenderten an den Sphinxen vorbei und gingen hoch zum Apollotempel. Von da oben konnte man auf das Arboretum hinabblicken, das der Gartenarchitekt Friedrich Ludwig von Sckell nach englischem Vorbild angelegt hatte. Das war der Baumgarten von Carl Theodor. Emily Parker staunte über den türkischen Garten mit der wunderschönen Moschee. Die künstliche Ruine des Merkurtempels nannte sie »Folly«.

»Ja, das ist wie in unseren englischen Herrensitzen, da dürfen keine Follies fehlen, die Täuschungen oder Dummheiten, wie die Adligen diese künstlichen Ruinen genannt haben. Aber eine Moschee? Die gibt es in keinem englischen Park.«

»Carl Theodor war ein Fürst der Aufklärung«, sagte Friedrich Gontard. »Diese aufgeklärten und liberalen Herrscher waren und sind leider nicht so häufig anzutreffen. Es war ein guter Anfang damals, wenigstens das. Und man war damals völlig verrückt nach allem Orientalischen und nach Exotik.«

Anna war nicht ganz bei der Sache.

»Da folgt uns jemand«, flüsterte sie ihrem Mann zu, als Emily Parker im Garten der Moschee sich in die Inschriften an der Wand des Arkadengangs vertiefte. Es waren Sprüche des Koran. Oder waren es andere orientalische Weisheiten?

»Der Tor trägt das Herz auf der Zunge, der Weise trägt die Zunge im Herzen«, zitierte Emily Parker laut.

Diskret drehte sich Friedrich Gontard um. Ja, da stand eine Person hinter dem Gitterwerk der Arkaden und sah zu ihnen hinüber. Es war ein großgewachsener, dunkelhaariger Mann.

»Lass uns weitergehen. Mal sehen ob er uns folgt«, sagte Gontard zu seiner Frau.

Am Minerva-Tempel angekommen, schien es auch ihm, als ob sie verfolgt würden. Der Großgewachsene bog einige Meter hinter ihnen plötzlich vom Weg ab. Es war ihm offenbar klar geworden, dass er nicht unbemerkt geblieben war.

»Wir müssen uns nun eilen«, mahnte Anna.

»Schade, ich hätte noch viel länger im Park bleiben können«, entgegnete Emily Parker. »Es ist wunderschön hier.«

Am Eingang zum Rokokotheater drehte sich Friedrich Gontard noch einmal um. Der große dunkelhaarige Mann ging dem Ausgang des Schlossparks zu, nicht ohne ganz bewusst zu ihnen herüberzuschauen. Mit eiligen Schritten entfernte er sich.

Während des Konzerts gelang es Gontard nur schwer, seine Gedanken von der mysteriösen Gestalt abzuwenden, doch die Ausstrahlung des Tenors und des virtuosen Klavierspiels zogen ihn nach und nach völlig in den Bann.

Bei den Zeilen »Oft denk ich, sie sind nur hinausgegangen. Bald werden sie wieder nachhause gelangen« nahm Anna die Hand ihres Mannes und drückte sie fest.

»Sie sind uns nur vorausgegangen und werden nicht wieder nach Hause verlangen.«

Sie dachten beide an die beiden Kinder, die der Dichter Friedrich Rückert innerhalb kürzester Zeit verloren und für die er mehr als 400 Gedichte geschrieben hatte.

Mehr als 400 Gedichte!

Auch Emily Parker, die »kühle« Engländerin, war sichtlich bewegt, als Thomas Hampson sang:

»In diesem Wetter, in diesem Braus
nie hätt ich gesendet die Kinder hinaus.
Man hat sie getragen hinaus,
ich durfte nichts dazu sagen.«

Ob sie an Leni dachte, das ermordete Kind in ihrer Familie, die Schwester ihrer Mutter?

An die toten Kinder dieser Welt musste Friedrich Gontard denken, und fast bereute er es, zu diesem bewegenden Liederabend gekommen zu sein, der ihn seelisch ziemlich mitnahm.

»Ich bin der Welt abhandengekommen«, sang Thomas Hampson nun zum Abschluss, und der Applaus für diesen wunderbaren Interpreten und seinen kongenialen Begleiter am Flügel wollte nicht enden.

»Schade, dass wir den Abend nicht in einem gemütlichen Lokal beenden können«, sagte Anna nach der Vorstellung. »So als Gegenpol zu der schweren Liedkost. Aber es ist schon so spät. Und wir müssen ja nach Hohenkirch fahren zu Lessings, um unseren englischen Gast abzuliefern.«

»Und morgen früh fährst du allein nach Niederzell, Friedrich. Ich bleibe nun mal zuhause«, schlug sie vor, und es gab keine Widerrede seitens ihres Mannes, der für diesen Vorschlag dankbar war.

Als die drei Konzertbesucher zum großen Parkplatz am Messplatz zurückgingen, fiel Gontard ganz in der Nähe seines eigenen Autos ein heller BMW auf, dessen Fahrer bewegungslos am Lenkrad saß. Als die drei an dem BMW vorbeigingen, bemerkte Gontard, wie der Mann leicht seinen Kopf zu ihnen hindrehte. Der Mann war jung und dunkelhaarig. War das ein Zufall? Bildete er sich schon Dinge ein? Jedenfalls notierte er sich im Geiste das Nummernschild des Wagens: LD-ME1975. Ob das ein sogenanntes Vanity-Kennzeichen war, wie diese Nummernschilder mit persönlichen Daten heute genannt wurden? Im Schein der Straßenlaterne kam es Gontard vor, als sei die eine Gesichtshälfte des Mannes auffallend gerötet, es konnte aber auch die Beleuchtung sein, die diesen Eindruck erweckte.

Vielleicht hatte er schlicht und einfach Halluzinationen.

Er ließ sich seine innere Erregtheit nicht anmerken und sagte zu den beiden Frauen:

»So. Zeit zur Heimfahrt. Lessings werden schon auf ihren Gast warten.«

Während der Fahrt nach Hohenkirch dachte er, dass er morgen Bettina Sonnendecker viel würde erzählen können und dass sie beide einiges zu erledigen hätten.

27. Kapitel | Gedanken III

Warum ich ihn verfolge?

Ich muss ihm folgen, dem Schnüffler, ihn beobachten!

Ich habe mein Versprechen gegeben. Ich muss verhindern, dass die alte Geschichte rauskommt. Das bin ich meinem Ziehvater schuldig. Meinem Ziehvater, der so viel für mich getan hat. Eigentlich mein Großonkel, aber wer hat sich um mich gekümmert, als meine Eltern damals bei dem Unfall umgekommen sind? Wie ein Vater hat er sich um mich gesorgt, obwohl er schon über 50 war, als ich geboren wurde. Er Jahrgang 1923, ich Jahrgang 1975.

Und er hat mir von damals erzählt, von seinen schönen Jahren in der Hitlerjugend, als Deutschsein noch was gegolten hat. Von seinen kleinen lustigen Streichen hat er mir erzählt. Was hat er nicht alles angestellt im Namen deutscher aufrechter Gesinnung. Dem Dorfpfarrer, dem Judenfreund, hat er nachts die Wände an der Pfarrscheuer bemalt. Am Pfarrhaus hat er mit roter Farbe hingepinselt »Kampf dem Verräter« und »Kommunistensau«. Und er hat dem Pfaffen die Hühner vergiftet und die Katze und dann noch den Hund, den räudigen Köter. Was für eine Gaudi!

Ja, das war mein Großonkel, und eines Tages hat er mir sogar ein großes Geheimnis verraten. Wie er die Jüdin, die von deutschen Verrätern versteckt worden war, ans Messer geliefert hat. Besser. Wie er dafür gesorgt hat, dass sie dahin gekommen ist, wo sie und ihre Mischpoke hingehören. Und ich hab ihm geloben müssen, dass ich das Geheimnis bewahren kann.

Und als echter deutscher Junge hab ich einen Schwur geleistet. Wir haben Feinde, hat er oft gesagt. Das sind die, die die alten Geschichten nicht ruhen lassen wollen. Aber »viel Feind, viel Ehr« und »ein Mann ein Wort.« Einer, der in der Vergangenheit rumgeschnüffelt hat, das war dieser Pauker. Ich hab ihn schon lange im Visier, und der Kleine hat mir immer wieder Beweise geliefert, was der so alles in seinem Geschichtsunterricht von sich gibt. Auschwitz und Buchenwald und Dachau. Alles Lügen. Und nun ist der Pauker unschädlich gemacht, und nun geht es weiter.

Es muss weitergehen, das bin ich meinem Ziehvater schuldig. Ich weiß, dass ich mich in Gefahr begebe, wenn ich zu viel von mir offenlege, aber das ist ja gerade die Mutprobe.

Haha, ich muss lachen, wenn ich dran denke, dass man mich vor zehn Jahren, in den 90er Jahren, noch an meiner Bomberjacke, den Springerstiefeln und der Glatze erkannt hätte. Damals haben sie mit den Fingern auf uns gezeigt. »Der Neonazi, guck mal.«

Heute geht das viel dezenter. Viel unauffälliger. Wir sind keine lächerlichen Randfiguren mehr. Wir sind mitten in der Gesellschaft angekommen: ganz korrekt und mit Schlips und Krawatte und sportlich-lässig.

Hahahaha.

28. Kapitel | Der überraschende Zeuge

»Gut, dass Oscar in Niederzell bei den Kindern geblieben ist«, sagte Anna Gontard am nächsten Morgen zu ihrem Mann bei ihrem gemeinsamen Frühstück, bevor er wieder in die Südpfalz fahren würde. »Und die Perle Marita Fischer ist ja auch wieder auf dem Damm.«

»Und bald gibt es Sommerferien. Lilli hat es besonders nötig, mal zu entspannen«, meinte Friedrich Gontard, dem das Wohl der Tochter schon immer ein besonderes Anliegen gewesen war und der in seiner sensiblen und fürsorglichen Art seit jeher mehr als Anna registrierte, wie es in Lillis Innerem aussah.

»Lilli hat mir gestern gestanden, dass sie momentan von Albträumen geplagt wird, die du, lieber Friedrich, nicht nachvollziehen kannst.«

»Und die wären?«

»Na ja, das sind die Träume, die viele Lehrer, mehr noch, glaube ich, Lehrerinnen haben. Meine Kolleginnen haben mir Ähnliches berichtet, und auch mich hat sogar nach der Pensionierung ein Traum geplagt, der fast identisch ist mit Lillis Albtraum.«

Friedrich Gontard wurde etwas ungeduldig.

»Du spannst mich aber auf die Folter.«

Er bestrich sich die zweite Toastscheibe mit Kirschkonfitüre.

»Lilli – oder ich – wir gehen durch irgendein Schulhaus und suchen unsere Schüler. Wir gehen von Klassensaal zu Klassensaal, doch überall gähnende Leere. Ein Blick auf die Schuluhr sagt uns, dass die Stunde gleich beginnt, und wir merken, dass wir noch im Nachthemd dastehen, in der Hand die Zahnbürste. Ein Spiegel, der seltsamerweise im Schulfoyer aufgestellt ist, zeigt uns eine ungepflegte Person mit verwuschelten Haaren und in Hausschuhen. Oje, wo ist die Schultasche?

Wo sind die Hefte, die wir doch heute zurückgeben wollten? Das Telefon klingelt. Ist es eine wütende Mutter, ein zorniger Vater, die uns ermahnen, das zu tun, wofür wir vom Staat und von ihren Steuern bezahlt werden? Ihre Kinder zu unterrichten. Mehr noch, sie zu erziehen! Ihnen Manieren beizubringen. Das Telefongeklingel stellt sich als das Läuten des Weckers heraus, und wir – Lilli und ich und bestimmt noch andere unzählige ›Lehrkörper‹ – wachen auf. Schweißgebadet, doch wir seufzen erleichtert. Alles nur ein Traum!«

»Soll ich den Traum deuten?« Friedrich Gontard schaute provozierend zu Anna hinüber, und sie ahnte, dass sie eine freche Traumdeutung geliefert bekäme. C. G. Jung und Sigmund Freud würden ironisch grüßen.

Sie hatte nicht unrecht mit ihrer Befürchtung.

»Na ja, aus dem Traum spricht das schlechte Gewissen, ganz klar. Ihr wart wieder mal zu faul, euren Unterricht ordentlich vorzubereiten, und das ist nun die Strafe.«

Anna tat empört und nahm das Frühstücksmesser, das sie aus Spaß in die Richtung ihres Mannes hielt, als wolle sie ihn erdolchen.

»Typisch Nichtlehrer, diese Traumdeutung«, lachte sie. »Warte nur! Das, was du das schlechte Gewissen der Lehrer nennst, ist nichts anderes als ein übergroßes Pflichtbewusstsein oder die Gewissenhaftigkeit, die sich im Traum Bahn bricht.«

»Auch Kriminologen haben ihre typischen Albträume, liebe Anna, das weißt du ja. Wir hecheln wie die Jagdhunde einem grässlichen Massenmörder hinterher, und wenn wir ihn fassen wollen, löst er sich in Luft auf, und von irgendwoher ertönt Hohngelächter. Und wir stehen da mit unseren Handschellen und suchen nach mehr Indizien und rennen in die Asservatenkammer, aber die ist so leer wie dein Klassenzimmer.«

Das Telefon klingelte.

»Für dich, Friedrich«, sagte Anna, die neuerdings immer als Erste am Telefon war. Sie hatte die jüngeren Gelenke. Sie reichte ihrem Mann den Hörer und flüsterte: »Polizeikommissariat Ludwigshafen.«

Bettina Sonnendeckers Stimme klang aufgeregt, als sie sagte: »Stellen Sie sich vor, Herr Gontard, wir haben einen Zeugen. Es ist einer der beiden Männer, die Karolin am Tag des Mordes gesehen hat. Kommen Sie zum Kommissariat?«

»Das trifft sich gut, liebe Frau Kollegin. Ich bin gerade auf dem Weg von Hohenkirch nach Niederzell, und es ist nur ein Katzensprung vom Odenwald nach Ludwigshafen. Auch ich habe eine Überraschung für Sie.«

»Gut, und wir sollten danach dem alten … wie heißt er nochmal … Kuno Eckert … einen Besuch abstatten. Ich habe herausgefunden, wo er wohnt.«

»Wird Emilie Kern mitkommen können?«

»Ja, sie ist soweit wieder hergestellt. Sie hat sich erstaunlich gut erholt«, sagte Bettina Sonnendecker. »Aber ich habe dafür gesorgt, dass sie rund um die Uhr bewacht wird. Eine Polizistin ist bei ihr im Haus und versorgt sie auch, sie ist eine ausgebildete Krankenschwester und dann zur Polizei gegangen. Und ein Polizist schaut regelmäßig vorbei. Bis dann hier bei mir im Präsidium.«

»Wie man sich täuschen kann in den Menschen«, sagte Friedrich Gontard, während er seinen letzten Kaffee trank.

»Diese Bettina Sonnendecker gibt mir den Glauben an die junge Polizistengeneration wieder zurück. Soviel Empathie hätte ich ihr nie zugetraut. Da menschelt es massiv.«

Anna hätte noch einige Fragen an ihren Mann gehabt, denn er hatte von Überraschungen gesprochen, aber die vielen Jahre an der Seite eines Kripochefs hatten sie eins gelehrt: Es war weiser, zu schweigen und abzuwarten. Früher oder später würde sie alles erfahren.

»Grüße mir die Kinder in Niederzell«, sagte sie. »Die Großen und die Kleinen.«

Wie schön unser Garten diesen Sommer ist, dachte Friedrich Gontard, als er die Höhenstraße hinunterfuhr.

Sonnenblumen, Dahlien und Hortensien blühten schon üppig, früher als in den vorherigen Jahren. Doch das sonnige Wetter forderte auch seinen Tribut. Dank Samira hatte die Blumenpracht jedoch nicht gelitten während der Abwesenheit der Gontards.

Ein wenig zu schnell fuhr er die Hohenkircher Dorfstraße entlang, denn die Neugier auf den überraschenden Zeugen war größer als seine gewohnte Vorsicht beim Autofahren.

Als er am Ortsausgang das Straßenschild Händelstraße erblickte, wo die Lessings wohnten, dachte er, dass Emily Parker ihren Gastgebern vielleicht beim Frühstück gerade von dem gestrigen Konzert berichten würde.

Von Gustav Mahlers wunderbarer Musik, Friedrich Rückerts innigen Texten, dem virtuosen Vortrag des Tenors Thomas Hampson und des Pianisten Michael Gees.

Und hoffentlich, dachte Friedrich Gontard, hoffentlich können eine junge Hauptkommissarin und ein alter Kripochef dem englischen Gast bald das präsentieren, wozu sie nach Deutschland gekommen ist: die Aufdeckung eines Verrats und das Einlösen ihres Versprechens an ihre Mutter.

Und ferner die Sühne einer alten und einer neuen Schuld.

29. Kapitel | Gregor Wüst

Ein sehr kleiner, schmaler Mann wartete im Büro des Ludwigshafener Polizeipräsidiums und schaute Friedrich Gontard aus sehr hellen, blauen Augen spöttisch an. Die hohe, etwas faltige Stirn, der graue Haarkranz, die gebeugte Haltung ließen ihn auf den ersten Blick etwas ältlich erscheinen. Bei näherem Hinsehen und als der Mann mit fester Stimme den Exkripochef grüßte wurde klar, dass der erste Eindruck falsch gewesen war. Die Bekanntgabe der Personalien des Zeugen zerstreuten die Zweifel an seinem Alter völlig.

Gregor Wüst war nicht älter als 44 Jahre und in der Stadtverwaltung Bad Bergzabern tätig. Die Beschreibung durch die Joggerin Karolin Wüst hatte dafür gesorgt, dass Friedrich Gontard mit einem Tattergreis gerechnet hatte. Diese Beschreibung entsprach der Wahrnehmung eines 15-jährigen Mädchens, Menschen über 30 für Friedhofsgemüse zu halten.

»Aber ich musste ganz früh am Tag nach … nach dem Verbrechen zu einem Lehrgang nach Koblenz aufbrechen, und ich hab erst gestern Abend erfahren, was da am Klingbach im Wäldchen passiert ist. Hier passiert ja selten mal was Spannendes, und viel kann ich Ihnen ja auch nicht sagen, aber nun hat mich das Mädchen halt gesehen, das mit dem großen Hund, und da wollte ich … keinen falschen Eindruck entstehen lassen und bin hierhergekommen.«

Sein spöttischer Mund und die schalkhaften, leicht vortretenden Augen sprachen eine deutliche Sprache: Er wollte weder als Mörder noch als »perverser Spanner« verdächtigt werden, wobei der Verdacht nahe lag, dass er jungen Mädchen oder Frauen gegenüber ein nicht ganz ungezwungenes Verhältnis zu haben schien. Seine

Hände seltsam verschränkt, wirkte er verklemmt und irgendwie psychisch gestört.

»Sie war ja sehr ansehnlich, die Joggerin mit dem Hund, aber da bleibt man besser auf Distanz, und als ich im Wäldchen den jungen Lulatsch gesehen habe, da hab ich mir gedacht, da ist die Kleine besser dran, mit ihrem Hund zu rennen. Der Kerl hat ja auch ziemlich finster ausgesehen. Und stur geradeaus hat er geguckt. Hat nicht gegrüßt, nur dieser starre Blick nach vorn. Der kam mir gleich komisch vor.«

Da will jemand von sich ablenken, dachte Friedrich Gontard, aber bei Bettina Sonnendecker war er da an der richtigen Adresse, der Herr Zeuge.

»Nun bleiben Sie mal bei der Sache, Herr Wüst. Wir brauchen keine Verdächtigungen, sondern klare Beobachtungen.«

Der Zurechtgewiesene rettete sich in seine spöttische Mimik und zuckte mit den Schultern.

»Sorry, aber ich hab halt gesehen, wie er von der Bank kam. Von dem Hochsitz. Drumherum dieses dichte hohe Farnkraut. Wo der Tote lag.«

»Woher wissen Sie das, Herr Wüst?«

Der Zeuge kam ins Stottern. Er schien in seinem Sessel zu verschwinden.

»Das hab ich aus der Zeitung.«

»Niemals, Herr Wüst, das stand in keiner Zeitung.«

Bettina Sonnendecker war nun richtig ärgerlich geworden.

Sie trat mit ihren trampeligen Schritten an Gregor Wüst heran, und sie schien sich beherrschen zu müssen, ihn nicht zu schütteln.

»Wenn nicht, dann hab ich das im Nachhinein vermutet. Da war dieses riesengroße Farnkraut, wie ein Urwald, und da bietet es sich doch an …«

»… einen Toten zu verstecken, wollen Sie das damit sagen, Herr Wüst?«

Das »Herr« kam recht provokativ und ironisch aus dem hübschen

Mund der jungen Kriminologin, die heute an diesem schönen Sommertag besonders edel gekleidet war mit einem auberginefarbenen Hosenanzug aus leichtem Leinen, dazu einer floralen Bluse in Georgette. Die starke Präsenz der attraktiven Hauptkommissarin schien den Zeugen förmlich niederzudrücken, und für einen Moment machte die spöttische Miene einer ängstlichen Miene Platz. War die Zeugenbefragung zu einem Täterverhör geworden?

»Ich habe zwei Fragen an Sie, Herr Wüst«, schaltete sich nun Friedrich Gontard ein, der sich die ganze Zeit über zurückgehalten hatte.

»Erstens: Was hat Sie zu diesem Spaziergang bewogen, wo Sie doch weder in Niederzell wohnen noch, mit Verlaub gesagt, einen Hund bei sich hatten, der einen Spaziergang erklären könnte?

Und zweitens: Ist Ihnen am Aussehen des Mannes, den Sie als langen Lulatsch bezeichnen, etwas Außergewöhnliches aufgefallen?«

Gregor Wüst ließ sich die Gelegenheit, die für ihn typische spöttische Miene aufzusetzen, nicht entgehen, und auch sein Ton wurde ironisch:

»Seit wann muss man sich rechtfertigen, wenn man am schönen Klingbach in unserer schönen Region spazieren geht? Auch ohne Hund? Ich hatte nach der Arbeit Lust, mir den Bürostaub etwas aus den Kleidern pusten zu lassen und frische Luft zu schnappen. Und zur zweiten Frage: Ja, da war etwas Auffälliges. Bei allem Gutaussehen: Er hatte eine Macke im Gesicht, unübersehbar, zumindest auf einer Seite. Eine Art Muttermal? Brandmal? Ach nein, ich glaube, man nennt es Feuermal. Links, glaube ich, weiß ich aber nicht mehr genau.«

Friedrich Gontard machte eine kleine Pause.

»So, Herr Wüst, und nun habe ich noch eine dritte Frage: Haben Sie ein geparktes Auto bemerkt? Am Klingbach, an der Brücke, am Wäldchen? Ein Auto, das vielleicht dem jungen Mann gehören könnte?«

»Nein, oder doch … warten Sie mal. Da war mir ein Auto aufgefallen, das mir nicht gehören könnte, dafür reicht mein Gehalt nicht. Die Stadtverwaltung bezahlt ihre Mitarbeiter für ihre treuen Dienste nicht allzu üppig. Ja, es war ein BMW. Und er stand in der Nähe der Mühlgasse. Ich glaube, so heißt die Straße, aber genau weiß ich das nicht. In einer Seitenzufahrt ganz nah am Klingbach war das Auto geparkt. Hell. Mehr weiß ich nicht. Ich interessiere mich nicht für Autos.«

»Also ist Ihnen auch das Kennzeichen nicht aufgefallen?«

»Oh, jetzt wo Sie fragen. Das war eine Jahreszahl, die hab ich mir gemerkt. 1975. Ich hab noch gedacht: Komisch, das sieht aus wie eine Jahreszahl, wie ein Geburtsdatum. Es gibt doch solche Leute, die für ihr Nummernschild ihr Geburtsdatum wählen, und ich hab noch gedacht: Der Besitzer von dem teuren Schlitten ist zwölf Jahre jünger als ich und kann sich schon sowas leisten. Bei mir wäre die Jahreszahl 1963.«

Sein eh schon spöttischer Mund verzog sich nun zu einem grotesken Grinsen.

»Na ja, ich gönne ihm das. Und bald hat er ja gar nichts mehr von dem teuren Karren. Hochmut kommt vor dem Fall.«

»Gut, Herr Wüst, das genügt für heute«, vernahm man nun die von Spott ebenfalls nicht freie Stimme der Hauptkommissarin.

»Halten Sie sich zu unserer Verfügung, wir können Ihre hilfreichen Dienste vielleicht noch gebrauchen.«

Als der Zeuge gegangen war, berichtete Friedrich Gontard von seiner Entdeckung in Schwetzingen am Vorabend.

Als er das Autokennzeichen nannte, musste Bettina Sonnendecker die Luft anhalten, bevor sie sagte:

»Na dann auf in die Landauer Gegend. Und auf die Suche nach einem mysteriösen jungen Mann mit den Initialen ME, der 32 Jahre alt ist und ein Feuermal im Gesicht hat.«

»Doch vorher fahren wir zu Emilie Kern nach Klingenmünster und holen sie ab, wegen der Gegenüberstellung mit …«

»Kuno Eckert. Emilie Kern hat ihn als Kind gekannt. Sie hat nochmal mit mir gesprochen, als sie vernehmungsfähig war. Und sie hatte eine Idee, wo er wohnen könnte. Ach ja, apropos Erinnerung. Sie meint, das seltsame Gesicht erkannt zu haben, das über sie gebeugt war, aber trotzdem war es ihr ein Rätsel.«

»Warum ein Rätsel?«

»Es war ein zu junges Gesicht. Doch vielleicht löst sich auch dieses Rätsel bald auf.«

»Gute Arbeit, Frau Kollegin«, sagte Friedrich Gontard.

»Wir sind wie zwei Kinder, die zusammen ein Puzzle machen«, lachte Bettina Sonnendecker, die ihre Freude über das Kompliment nicht verbergen konnte.

»Was Sie nicht haben, das habe ich, und allmählich fügt sich das Puzzle zu einem Ganzen zusammen.«

»Ja, auch alte Kinder wie ich puzzeln noch gerne«, schmunzelte Friedrich Gontard.

»So alt sind Sie ja nun auch wieder nicht«, antwortete sie. »Zumindest innerlich.«

Und mit diesem dubiosen Kompliment verließ sie trampeligen Schritts ihr Büro, wobei Sie Ihrem Puzzle-Mitspieler den Vortritt ließ.

»Alter geht vor Schönheit«, bemerkte Friedrich Gontard. »Es ist nicht länger zu leugnen.«

Bettina Sonnendecker lachte wieder und schüttelte die rote Lockenpracht.

30. Kapitel | Gartenzwerge und Co.

Friedrich Gontard hatte im Laufe seiner langjährigen Berufszeit als Kripochef schon viele Häuser und Wohnungen erlebt, aber die Behausung von Kuno Eckert war ein Muster geballter Geschmacklosigkeit und ein Paradebeispiel deutschtümelnden Spießertums.

Schon am Hoftürchen wurden Gontard, Hauptkommissarin Sonnendecker und Emilie Kern von einem Schild gewarnt, auf dem ein zähnefletschender Schäferhund abgebildet war: »Achtung, bissiger Hund! Hier wache ich!«

Die Warnung sollte sich übrigens als Falschmeldung herausstellen, denn es gab keinen bissigen Wachhund.

Wahrscheinlich stammte das Schild aus früheren Tagen.

Der mit unebenen, wackligen Betonplatten versehene schmale Pfad hin zum ziemlich kleinen, in den 60er Jahren erbauten Haus war zu beiden Seiten mit Beeten gesäumt, die grasig und ungepflegt aussahen. Sie boten einer kleinen Armee von Gartenzwergen, die mit allerlei Zubehör ausgerüstet waren – Laternen, Schaufeln, Ziehharmonikas, Pfeifen und Spitzhacken – eine nicht sehr ansehnliche Heimat.

Unter Tannenbäumen stand ein zum Blumenkübel umgestalteter Schubkarren einsam und verwittert. Er war mit verdorrten Pflanzen bestückt, die man nur mit viel Fantasie als Geranien identifizieren konnte. Auch in einem Trog vor dem Eingang fristeten einige Stiefmütterchen ein kümmerliches Dasein und warteten darauf, gegossen zu werden.

Ja, es gibt diese Klischees, dachte Friedrich Gontard, als er den verklinkerten Haussockel, die Glasbausteinfront und die heruntergelassenen Rollos musterte, und oft werden diese Klischees von der Wirklichkeit nicht nur bestätigt, sondern noch übertroffen.

Auf mehrmaliges Klingeln an der Haustür öffnete schließlich eine Frau, die um die 60 sein musste.

Die hellblond gefärbten Haare ließen Grau durchscheinen, sie war recht üppig und schaute nicht sehr freundlich drein. Dass es nicht viel zu lachen gab für diese Frau, das sollte sich im Folgenden herausstellen.

Eine barsche Stimme aus dem hinteren Teil des Hauses wollte wissen, wer denn da geklingelt habe und um diese Zeit.

Als der Fragende nicht sogleich Antwort bekam, steigerte sich der Unmut in seiner Stimme zu offenem Zornesgebrüll. Ob man Sie, die Polin, dafür bezahle, dass sie nicht antworten und einem fremde Leute vom Hals halten könne.

Hauptkommissarin Sonnendecker ergriff die Initiative und rief laut ins Dunkel des Hauses hinein:

»Wir sind von der Kripo und wollen eher IHNEN ein paar Fragen stellen, nicht umgekehrt.«

Auf die unverblümt deutlichen Worte der jungen Kriminologin folgte zunächst eine seltsame Stille, dann erklang erneut Gebrüll vom Hinterzimmer her:

»Von Weibern lass ich mich nicht aushorchen, auch wenn sie von der Polizei sind.«

»Dann werden Sie mit mir vorliebnehmen müssen«, ertönte nun Friedrich Gontards ruhige und sonore Stimme.

»Herr Eckert heute nicht so wohl«, sagte die blonde Frau, offensichtlich die Pflegerin des freundlichen Zeitgenossen.

Sie meinte wohl, dass es Herrn Eckert heute nicht so gut ging. Sie stellte sich den Besuchern als Genia Karpinski vor und führte die unschlüssig im Flur Wartenden ins Innere des Hauses, das ziemlich muffig roch, dazu nach einem Gemisch aus Sauerkraut und einem Fleischgericht.

Als sich Gontards Augen an das Halbdunkel gewöhnt hatten, nahm er zu beiden Seiten des Flurs Geweihe und ausgestopfte Tiere wahr: einen Fuchs, mehrere Auerhähne, Marder, Frettchen und sogar den Kopf eines Riesenkeilers mit scharfen Stoßzähnen, der bedrohlich auf die Besucher herabblickte. Einige Urkunden zeugten vom Eifer und Erfolg des wackeren Waidmanns. Die Urkunden stammten wohl aus besseren Tagen des Hausbesitzers, denn sie trugen Signaturen aus den 50er, 60er und 70er Jahren. Alle möglichen Wimpel und Fähnchen zierten einen Spiegel, der mit seinen blinden Flecken auch schon bessere Tage erlebt hatte.

Aus dem Dunkel erscholl erneut die freundliche Donnerstimme: »Na, habt ihr Angst vor mir?«

Raues Gelächter folgte.

»Herr Eckert heute nicht so wohl«, wiederholte Genia Karpinski beschwörend.

Und nun erst merkte Friedrich Gontard, dass die arme Frau zitterte und dass sie ängstlich in die Richtung ging, aus der die Stimme des ihr anvertrauten Mannes kam.

»Wo bleibt die Polenschlampe?«, rief Eckert. Hauptkommissarin Sonnendecker konnte nun nicht länger an sich halten und stürmte mit ihren großen Schritten den andern voran ins Hinterzimmer.

Genia Karpinski zupfte die junge Frau am Ärmel und sagte, während sie sich mit einer vielsagenden Geste an die Stirn tippte:

»Herr Eckert nicht so richtig im Kopf. Alt und sehr krank. Sehr, sehr krank.«

Ja, der Mann, der im Rollstuhl saß, sah tatsächlich alt und krank aus. Er musste einmal groß und stattlich gewesen sein. Eingesunken hockte er, wie ein giftiger Käfer, in eine karierte Decke eingemummelt trotz des sommerlichen Wetters, und seine Gesichtsfarbe war gelblich und fahl. Doch das auffälligste Merkmal dieses Gesichts war eine ins Violette gehende Verfärbung an der linken Wange. Ein Feuermal. Ein Brandmal?

Durch ein Handzeichen hatten Friedrich Gontard und die junge Kollegin sich verständigt, dass der Exkripochef mit dem Mann sprechen und sie sich im Hintergrund halten sollte. Im Weltbild dieses alten mürrischen Mannes existierten Frauen als ernstzunehmende Gesprächspartner eher nicht.

»Was will die alte Schachtel hier in meinem Haus?«, rief Kuno Eckert und deutete mit einem von Gicht gekrümmten Finger auf Emilie Kern.

Diese hatte sich die ganze Zeit über sehr beherrschen müssen.

»Kennst du mich denn nicht mehr, Kuno? Wir haben früher, ganz früher, als wir Kinder waren, zusammen gespielt, wenn du bei deinen Verwandten in Klingenmünster warst. Und du hast doch auch die Leni gekannt. Die Leni Grünewald, gell?«

So direkt wäre Friedrich Gontard nicht vorgegangen, aber es war gut so. Emilie Kern hatte den Finger in die Wunde gelegt, sie hatte schlafende Hunde geweckt und damit erreicht, diesen alten, der Demenz entgegendämmernden Mann aus der Reserve zu locken. Alle Dämme von Vorsicht und Verstellung schienen nun gebrochen.

»Die Jüdin, ja, und ob ich die gekannt habe. Und dich kenne ich auch. Judenfreunde wart ihr alle, du und deine Eltern, und ich hab getan, was zu tun war damals. Ich wollte mein Vaterland verteidigen mit der Waffe in der Hand, aber sie haben mich nicht genommen. Ich war noch zu jung. Da hab ich dem Volksganzen auf andere Art gedient.«

»Durch Verrat. Ein Mädchen hast du verraten, ein armes Kind. Durch dich ist es in den sicheren Tod geschickt worden. Du bist ein Mörder. Und stolz bist du auch noch auf dein Verbrechen.« Die sonst so ruhige alte Frau zitterte vor Erregung.

Genia Karpinski stellte sich zwischen die vor Wut bebende Frau und den alten Mann, der versuchte, die Vermittlerin mit Füßen zu treten. Er stieß unverständliche Flüche aus, und es war gewiss besser, dass sie unverständlich waren. Die polnische Betreuerin ging langsam zu einem Schränkchen und holte eine Arznei hervor, träufelte Tropfen in ein Wasserglas und reichte es dem Mann im Rollstuhl, half ihm beim Trinken. »Gut für Ruhigsein«, erklärte sie, zu den Besuchern gewandt. »Der Arzt sagt, es ist die beste Medizin.«

Währenddessen schaute sich Friedrich Gontard im Raum um, der vollgestopft war mit dem schlimmsten Kitsch, doch das war irgendwie irrelevant und passte ins Gesamtbild dieses Haushalts. Auf einem kleinen Wandregal standen zwei Farbfotos in vergoldeten Plastikrahmen.

Friedrich Gontard trat näher.

Auf dem einen Foto sah man einen jungen Mann mit einer Art rotem Mal auf der linken Gesichtshälfte. Der junge Mann war groß und dunkelhaarig, etwa 20 Jahre alt, mit sehr kurzen Haaren. Er stand vor einem großen schwarzen Auto.

»Sind Sie das, Herr Eckert, in Ihren jungen Jahren?«, fragte Gontard, der gerne Köder auslegte. »Sie waren ja ein fescher Bursche.«

Die Frage wurde mit einem Schnauben quittiert, dafür gab Genia Karpinski die Erklärung ab.

»Nein, das ist der junge Herr Mark, und der bezahlt meine Arbeit.«

Es klang dankbar.

»Er zahlt zu viel, viel zu viel, mein Großneffe. Für diese …«

Wieder holte Kuno Eckert aus, als wolle er seine Betreuerin schlagen.

»Ein guter Junge, ein sehr guter Junge, der Herr Mark. Wie ein Sohn für Herrn Eckert. Besser als ein Sohn.«

Friedrich Gontard hatte das Foto genauer besehen, und da fiel ihm auf, dass es tatsächlich aus den 90er Jahren stammen musste. Der »gute junge Herr Mark« trug eine dunkelgrüne Bomberjacke und Springerstiefel. Das war das Outfit der damaligen Hooligans und Skinheads. Und dieser junge Neonazi war mittlerweile 32 Jahre alt. Äußerlich hatte sich das Outfit geändert, aber innerlich war sich der damalige Neonazi »treu« geblieben. Der Großneffe von Kuno Eckert, dem geistigen Ziehvater. Oder sollte man lieber sagen: dem Ziehvater im Ungeist?

Mittlerweile war auch Bettina Sonnendecker nähergetreten.

Sie inspizierte das zweite Foto, auf dem ein älterer Mark Eckert zu sehen war, nun nicht mehr in Bomberjacke, Halbglatze und Springerstiefeln, aber ihr Blick war starr auf den Jungen gerichtet, der neben Mark Eckert auf dem Beifahrersitz eines schicken Wagens saß.

»Den kenne ich«, sagte sie leise zu sich selbst und dann laut zu Friedrich Gontard: »Den Jungen, den kenne ich!«

»Ist das der Sohn von Ihrem Großneffen, Herr Eckert?«, sagte sie und fügte scheinheilig hinzu: »Ein nettes Kind.«

Wieder antwortete Genia Karpinski anstelle des Alten, der merkwürdig ruhig vor sich hin stierte.

»Nein, das ist Björn, der Neffe von Mark. Sohn von Schwester. Cindy Möckel, kein Mann im Haus. Weg als Björn Baby. Cindy alleine erziehen. Onkel Mark sehr kümmern.«

Ach, noch ein geistiger Ziehvater, dachte Friedrich Gontard. Noch ein Ziehvater im Ungeist.

Wie Kuno Eckert den Großneffen Mark »betreut hatte«, so »betreute« nun Mark Eckert den Neffen Björn.

»Alles ergibt ein Bild, alles ergibt bald ein fertiges Puzzle, oder?« Bettina Sonnendecker sprach leise, sehr leise, und Friedrich Gontard nickte stumm.

Die beiden lächelten sich zu, der alte Exkripochef und die junge Kripochefin.

Die Beruhigungstropfen hatten nun vollends gewirkt, und Kuno Eckert ließ sich apathisch und brav wie ein Lämmchen von seiner Betreuerin einen Joghurt füttern.

Sie hatte ihm ein Lätzchen umgebunden, wobei er sich noch einmal sträubend aufbäumte. Mit einem Blick auf Emilie Kern stieß er hervor:

»Alte Judenfreundin.«

Und auch Genias Karpinski wurde noch einmal mit einem freundlichen Dankeswort für ihre Fürsorge belohnt:

»Verdammte Polenschlampe.« Doch seine Stimme war nun fast

unhörbar geworden. Er schien einschlafen zu wollen, und die drei Besucher merkten, dass es Zeit war, sich zurückzuziehen.

»Danke, Frau Karpinski«, sagte Bettina Sonnendecker beim Hinausgehen. Und sie musste einfach fragen:

»Wie halten Sie das aus hier? Die Beschimpfungen? Die schlimmen Worte?«

»Na ja, ich weiß es selbst nicht«, antwortete die blonde Betreuerin. »Manchmal wird er auch … er zeigt sich … unten.« Sie zögerte: »Sie verstehen, was ich meine?«

Bettina Sonnendecker reagierte ungläubig.

»Er bedrängt Sie, der alte Exhibitionist? Ist ja ekelhaft.«

»Ja, aber … er kann mir ja nichts mehr … tun … als Mann.«

Sie lächelte verlegen. »Und die bösen Worte, ich muss sie ertragen. Ich brauche das Geld. Mein Mann Unfall auf Baustelle und nun ohne Arbeit. Tochter und Tochtermann haben krankes Kind. Kleine Jola, sechs Jahre alt.«

Hier kam ihre Stimme ins Zittern, ihre Augen füllten sich mit Tränen.

»Brauchen mich. Herr Mark zahlen gutes Geld. Wie ein Sohn für Herrn Kuno.«

Sie sagte tatsächlich Herr Kuno und Herr Mark, und es klang ehrerbietig.

Sie flüsterte: »Herr Kuno bald sterben, Arzt sagen noch halbes Jahr. Dann tot.«

Die gelbliche Haut des Alten, ja klar. Friedrich Gontard fragte: »Leberkrebs?«

Genia Karpinski nickte. »Und Nieren. Alles kaputt. Er nicht wissen.«

»Alles Gute für Sie, Frau Karpinski«, sagte Friedrich Gontard und drückte mit beiden Händen fest ihre Hand. »Alles, alles Gute für Sie und Ihre Familie.«

»Lassen Sie sich nicht alles gefallen von dem alten Ekel, liebe Frau Karpinski«, rief Bettina Sonnendecker auf ihre unverblümte Art.

Emilie Kern war auffallend schweigsam geworden. Da hat er nun seine Strafe, ging es ihr durch den Kopf. Aber ist Krankheit immer die Strafe für irgendwas? Sie wusste es nicht.

»Ich fahre Sie jetzt nachhause, Frau Kern«, schlug die Hauptkommissarin vor.

»Und ich fahre zu meiner Tochter Lilli und ihrer Familie. Ich brauche jetzt ein bisschen schöne heile Welt nach so viel Tristesse. Und ein schönes Wohnambiente nach so viel Kitsch und geballter Scheußlichkeit: nach deutschem Geschmack mit Rehlein und Geweihen und Gartenzwergen. Und ich brauche jetzt muntere, gutgelaunte Enkelkinder nach Alterselend und Griesgrämigkeit.«

Bettina Sonnendecker lachte. Sie kramte in ihrer geräumigen schicken Umhängetasche und holte etwas daraus hervor.

Wortlos reichte sie das Etwas ihrem alten Kollegen. Es war das Foto, auf dem Mark Eckert mit seinem Neffen zu sehen war.

»Das hab ich gemopst, ist ja nicht so ganz legal, aber ein wichtiges Beweisstück. Und ich fahre damit nun gleich zu Karolin Schwinn und befrage sie nochmal zu diesem netten Kerlchen.«

Friedrich Gontard kramte nun ebenfalls in seiner Jackentasche und reichte der erstaunten jungen Frau das andere Foto, auf dem der Mark Eckert der 90er Jahre zu sehen war. Im Outfit der Neonazis und Hooligans.

»Das können Sie gerne dazulegen. In die Akte der Beweisstücke«, lachte er.

»Sie melden sich?«, fragte Friedrich Gontard.

»Ich melde mich. Ich denke, meine Leute werden den liebreizenden Großneffen Mark ausfindig gemacht und ins Präsidium einbestellt haben.«

»Und das wird hoffentlich so ziemlich das letzte Puzzleteil sein«, seufzte Friedrich Gontard.

»Das hoffe ich auch.«

»Noch eins, Frau Kollegin. Hätten wir Emily Parker mitnehmen sollen zu ›Ziehvater‹ Kuno Eckert?«

»Ich glaube eher nicht«, gab Bettina Sonnendecker zu bedenken. »Sie hätte sich wüste Beschimpfungen anhören müssen, im Stil der Beleidigungen, die Frau Karpinski über sich ergehen lassen muss, die Arme. Und das sollte man ihr ersparen.«

»Ja, das sollte man ihr wirklich ersparen«, gab Friedrich Gontard ihr recht und stieg in sein Auto ein.

»Opa, Opa, spielst du mit uns?«, erscholl es schon von weitem, als er vor dem Haus seiner Tochter Lilli vorfuhr. Vergessen waren der schreckliche Kuno Eckert, sein Spießerhaus und sogar die beiden Fotos, die allein schon den Besuch bei einem Denunzianten, Verräter und Mörder wert waren.

31. Kapitel | Der Großneffe

Der Zugriff auf den Besitzer des hellen BMW mit dem Kennzeichen LD-ME1975 vollzog sich überraschend zügig. Auf seiner Arbeitsstelle, einem Neustadter Autohaus, wurde Mark Eckert festgenommen. Er war gerade dabei, einem Kunden einen roten Mercedes aufzuschwatzen, und man merkte an seiner entgeisterten Miene, dass er von der Festnahme völlig überrumpelt war. Hauptkommissarin Bettina Sonnendecker hatte eine Durchsuchung der Landauer Wohnung des Festgenommenen in der Ostbahnstraße beantragt und von der Staatsanwaltschaft genehmigt bekommen. Erstaunliches – oder weniger Erstaunliches – kam dabei zutage, ein kleines, aber schreckliches Waffenlager: fünf Sturmgewehre, mehrere Messer, eine Armbrust, eine Machete, drei kleinkalibrige Pistolen, um nur einige der »Sammlerstücke« zu nennen, wie der Besitzer dieses tödliche Arsenal später verharmlosend bezeichnete. Auch mehrere Baseballschläger und Schlagringe befanden sich in der makabren Sammlung. »Souvenirs« aus seiner Zeit als Hooligan und Bomberjackenträger?

Es fehlte auch nicht an zahlreichen Schriften, die eindeutig der rechten Szene zuzuordnen waren, an martialischen Computerspielen, Büchern und CDs antisemitischen und ausländerfeindlichen Inhalts. Es gab ferner Material von einem gewissen BM, der sich ab und zu auch BM(W) nannte: Material über die »Judenfreundin« EK und den »Verräter« GS, über diverse andere Personen, die auf der sogenannten Abschussliste standen. Ein Video, das Karolin Schwinn beim Joggen zeigte. Eins, das sie zusammen mit ihrem Lehrer Gabriel Sutter auf dem Schulhof zeigte, umringt von einer Schülergruppe. »Lehrerliebchen« war das Video betitelt, und da gab es noch den Hinweis auf einem kleinen Zettel: »Mehr demnächst in diesem Teater(sic!)«. Letzterer Vermerk war unterzeichnet mit BM(W).

Der Zulieferer des Materials hatte wohl vor, das Mädchen weiter zu bespitzeln, »Interessanteres« zutage zu fördern und somit gleichzeitig den Ruf des Lehrers zu schädigen.

Es zeigte sich, dass Mark Eckert kein unbeschriebenes Blatt war. Es gab ein Strafregister.

Er hatte einige Geschwindigkeitsüberschreitungen auf dem Kerbholz, aber auch eine Anklage wegen eines illegalen Autorennens zwischen Landau und Neustadt, das er »gegen sich selbst fuhr« wie er angab, was immer das auch sein sollte.

An einer unübersichtlichen Stelle hatte er überholt und einen Kleinwagen in eine Kollision verwickelt, bei der die junge Mutter am Steuer und ihr 3-jähriges Töchterchen schwer verletzt wurden. Ein gerissener Verteidiger hatte erreicht, dass Mark Eckert nur eine Geldstrafe zahlen musste. Die Gefängnisstrafe wurde auf Bewährung ausgesetzt.

Die Abgleichung der DNA des Festgenommenen mit den Spuren am Körper des Mordopfers Gabriel Sutter waren eindeutige und erdrückende Beweise für die Schuld von Eckert. Es gab keinen Zweifel: Er hatte den Lehrer mit bloßen Händen erdrosselt.

Ein spöttisch und arrogant dreinblickender Mann von 32 Jahren, tadellos gekleidet und smart, saß im Büro von Hauptkommissarin Bettina Sonnendecker.

Was will diese Frau von mir, schien sein Blick zu sagen. Er wusste bis dahin noch nichts von der Durchsuchung seiner Wohnung, und so stritt er alles ab, was ihm von der Kriminologin zur Last gelegt wurde.

»Da müssen Sie mal erst einen Zeugen haben, der mich gesehen hat. Ich hatte meinen freien Tag und hab eine Spazierfahrt gemacht, von Neustadt aus die Weinstraße runter und dann zu den Hinterwäldlern nach Johanniskreuz, da macht das Autofahren besonders viel Spaß.«

Hohn und Spott wetteiferten in diesem Gesicht, und die auffällige Rötung des Feuermals auf der linken Gesichtshälfte des Mannes mit dem kantigen Kinn und den stahlblauen Augen wurde noch intensiver.

»Ja«, konterte die Hauptkommissarin lakonisch. »Da kann man besonders schön rasen. Tolle Kurven im Pfälzer Wald. Und besonders toll, wenn einem ein Kleinwagen entgegenkommt und an einem Baum zerschellt.«

»Nicht an einem Baum, das ...«

»Ja, Ihre Rechthaberei verrät Sie, Herr Eckert. Diese Genauigkeit, diese Akribie, die Leuten Ihresgleichen gemeinsam ist.«

»Ja«, schaltete sich nun Friedrich Gontard ein. Er war die ganze Zeit über passiv im Hintergrund gesessen. Dies war der Fall der jungen Kollegin. Er war nur der Helfer, doch nun musste er sich äußern.

»Da wird Schaden relativiert und auch Schuld. Und es waren ja ›nur‹ zwei Schwerverletzte, eine Mutter und ihr kleines Kind. Wir sind über ihr Strafregister informiert.«

»Sie haben überlebt, oder?« Wieder dieses unerträglich provozierende, zynische Grinsen im Gesicht des Festgenommenen.

»Aber dass das kleine Mädchen seither behindert ist, wird Ihnen, Herr Eckert, keine schlaflosen Nächte bescheren, oder?«

Bettina Sonnendecker musste sich sehr bemühen, ihre Emotionalität im Zaum zu halten, denn Gefühle zu zeigen, das galt Menschen wie Mark Eckert als Schwäche.

Bleib gelassen, sagte sie sich, auch wenn es schwerfällt.

»Immer diese Übertreibungen«, spöttelte der Mann im feinen Anzug.

»Ja, es waren ja nicht sechs Millionen Juden, die von den Nazis getötet worden sind sondern nur fünfeinhalb, oder?«

Friedrich Gontard stellte diese Frage bewusst, er musste den Mann aus der Reserve locken. Der Köder wirkte.

»Was, nicht ein einziger war es, nicht ein Einziger. Alles Lügen.

Lügenpresse, Auslandshetze, Medienlügner. Diese alten Geschichten.«

»Und wegen dieser alten Geschichten musste Gabriel Sutter sterben«, sagte Bettina Sonnendecker.

»Aber kommen wir zu dem Zeugen, nach dem Sie verlangt haben. Es gibt keine Zeugen für Ihre Spritztour in den Pfälzer Wald, aber einen Zeugen für Ihren Spaziergang im Klingbachtal. Führen Sie ihn herein«, sagte die Hauptkommissarin zu der Polizistin, die an der Tür Wache hielt.

Gregor Wüst und Mark Eckert sahen sich an. Beiden war der spöttische Gesichtsausdruck gemeinsam, beide schienen sich köstlich zu amüsieren, hier ins Präsidium bestellt worden zu sein.

»Na klar, er ist es«, sagte Gregor Wüst ohne Umschweife.

Und er gab noch einmal zu Protokoll, was er mit anderen Worten zuvor schon einmal ausgesagt hatte.

Mark Eckert wollte wütend auffahren. Dahin war alle Coolness, dahin auch das Gehabe von Unantastbarkeit.

Die Hauptkommissarin gab der Polizistin an der Tür einen erneuten Wink.

»Das Mädchen, bitte, und den Jungen gleich dazu. Und bitte auch Frau Zimmermann.«

Als Mark Eckert die drei Zeugen sah, wandte er sich zunächst ab, doch dann musterte er die drei der Reihe nach. War er erschrocken beim Anblick des Jungen? Er war ein Meister im Überspielen. In provozierender Haltung, zurückgelehnt und mit verschränkten Armen, bedachte er das Mädchen mit anzüglichen Blicken von oben bis unten. Die kleinwüchsige Hannelore Zimmermann entlockte ihm ein verächtliches Grinsen und die schnoddrige Bemerkung:

»Oh, heute ohne Mops!«

Man merkte, dass ihm etwas Ordinäres auf den Lippen lag, was er sich aber im letzten Moment verkniff.

Björn Möckel hatte seiner Klassenkameradin Karolin Schwinn mit einer pseudogalanten Geste den Vortritt gelassen.

Hatte er Hohn und Spott von seinem »Ziehonkel« abgeguckt?

»Ladies first«, sagte er mit verzogenem Mund, doch das Mädchen ließ sich nicht beeindrucken.

»Fieser Schleimer«, stieß sie voller Verachtung hervor, und dann zischte sie: »Denunziant«.

»Vornehme Wörter hast du auf Lager. Hast du die von deinem Lieblingslehrer gelernt?«, kam es aus dem Mund von Björn Möckel.

»Das lassen wir nun doch endgültig beiseite!«

Die befehlende Stimme von Bettina Sonnendecker ließ den Schüler nun zusammenzucken.

»Das Spielchen ›wie diffamiere ich einen unbescholtenen Lehrer‹ hat nun ein Ende. Das war gestern, junger Mann. Heute reden wir Tacheles.«

»So ein Judenwort, Tacheles«, entfuhr es Mark Eckert. Er grinste breit.

»Sie schießen ein Eigentor nach dem andern, Herr Eckert, und Sie merken es noch nicht einmal. Nun jedoch zum Tathergang. Sie haben Gabriel Sutter an die Stelle im Wald gelockt mit der Absicht, ihn zu töten. Sie hatten ihren Neffen Björn Möckel angestachelt, ›Material‹ über seinen Lehrer zu sammeln. Sie haben erfahren, dass er als Historiker an einem Fall arbeitete, der zwar verjährt ist, aber der gegen die Ehre Ihres Großonkels Kuno Eckert gehen könnte. Ihr verehrter Ziehvater, Großonkel Kuno, würde als Denunziant dastehen. Als einer, der vor vielen Jahren ein kleines Mädchen verraten hat und der für dessen sicheren Tod verantwortlich war.«

»Das waren doch die Zeiten damals, und wenn nicht ER die Jüdin verrat… angezeigt hätte, dann hätte es ein anderer getan. Und überhaupt. Onkel Kuno verdanke ich alles.«

Ein seltsames Schauspiel bot sich nun allen Anwesenden.

Der zynische Mund verzog sich weinerlich. Der Mann auf dem Anklagestuhl barg den Kopf in beiden Händen, sein Rücken war gebeugt.

Er schluchzte: »Wer hätte sich denn um mich kümmern sollen, wenn nicht der Großonkel? Mein Vater war ein Schläger, er hat getrunken. Und er war auch sturzbetrunken als er meine Mutter und sich selbst in den Tod gefahren hat. Onkel Kuno hat mich adoptiert, mich armes Waisenkind!

Ich verdanke ihm alles. ›Wir sind uns so ähnlich‹, hat er oft gesagt, ›du und ich. Nicht nur das Feuermal hast du von mir geerbt. Ich mach dich zu einem aufrechten Deutschen.‹«

Mark Eckert zog nun alle Register des Täters, der sich zum Opfer der sozialen Umstände macht. Die Mitleidstour, er musste sie geübt haben. Er wurde von einem Weinkrampf geschüttelt, konnte sich nicht mehr beruhigen.

Björn Möckel folgte der theatralischen Szene mit weit aufgerissenen Augen, doch dann blickte er mit gesenktem Kopf nach unten, fixierte seine Handflächen, kaute an der Unterlippe. Oh wie peinlich, schien seine Körpersprache auszudrücken. Mein Vorbild, mein Held, mein role model. Wie jämmerlich er nun dahockt.

»Nun lassen Sie aber mal die Kirche im Dorf«, griff Friedrich Gontard ein, um der Farce ein Ende zu machen.

»Sie locken einen nichtsahnenden Mann zu einer Stelle im Wald, mit dem Vorsatz, ihn zu erwürgen, und hier inszenieren Sie sich als unschuldiges Lämmchen und Opfer ihres Milieus.«

»Nicht vorsätzlich. Nein, Es war ein Versehen. Ich bin einfach nur ausgerastet. Ich wollte ihn nicht … Es sollte nur ein Denkzettel sein.«

»Danke für das Geständnis, Herr Eckert«, sagte Bettina Sonnendecker ganz ruhig. »Sie ersparen uns lange Verhöre und nervenaufreibende Sitzungen.«

»Ja, ich hab ihn angebrüllt. Geschüttelt. Er soll den alten Kram für immer und ewig begraben. Ich war es meinem Großonkel schuldig. Der wäre an den Pranger gestellt worden. Ehre und Vaterland. Das Ehrenwort eines Mannes. Mein Versprechen, ihm immer treu zu dienen. Blut ist dicker als Wasser. Und viel Feind, viel Ehr. All das hab ich von Onkel Kuno gelernt.«

Mark Eckerts Stimme versagte. Er ließ resigniert beide Arme zur Seite fallen, dann schaute er zu Björn, seinem Ziehsohn, besser gesagt seinem Ziehneffen hinüber.

Verzeih mir, schien sein Blick zu sagen.

Der Schüler drehte mit einem Ruck den Kopf weg.

Die Aussagen von Gregor Wüst, Karolin Schwinn und Hannelore Zimmermann wurden zu Protokoll gegeben.

Mark Eckert fand nun endgültig keine Worte mehr. Die Beweislage war zu erdrückend.

Seltsam, dachte Karolin, als sie die beiden, »Onkel Mark« und seinen Neffen Björn so sitzen sah, all ihrer arroganten Selbstsicherheit beraubt. Seltsam, dass ich gar keine Genugtuung empfinde, nur Traurigkeit über das, was in den letzten Tagen geschehen ist.

Wie erbärmlich die beiden doch sind!

Und insgeheim formulierte sie ein paar Sätze, die sie beim Begräbnis von Gabriel Sutter vortragen würde.

Vorausgesetzt, dass sie den Mut haben würde, vor versammelter Schulgemeinde das Wort zu ergreifen.

Karolin hielt den Kopf gesenkt, um diesen beiden, dem »aufrechten deutschen Onkel« und dem »aufrechten deutschen Neffen«, nicht in die Augen sehen zu müssen. Es wäre unerträglich gewesen.

Ich war immer schon gut im Fremdschämen, dachte sie. Diese Untugend sollte ich allmählich ablegen.

32. Kapitel | Das Begräbnis

Nein, das Mädchen Karolin fand nicht den Mut, vor versammelter Schulgemeinde zu sprechen, doch sie hatte einen Text vorbereitet, den eine weniger emotionale, coolere Klassenkameradin an ihrer Stelle verlas. Karolins bewegende Worte und die sehr persönliche Predigt einer jungen Pfarrerin, musikalisch umrahmt von einigen Lieblingsliedern des Toten und dem Schulchor wurden dem engagierten und beliebten Lehrer in jeder Hinsicht gerecht.

Auf das ergreifende »Ombra mai fu« von Georg Friedrich Händel folgte der Deep-Purple-Titel »Smoke on the Water«, einer von Gabriel Sutters Lieblingssongs. Der Schulchor sang »We Shall Overcome«, und auf besonderen Wunsch von Emily Parker ertönte »Oft denk' ich, sie sind nur ausgegangen«, eins der Kindertodtenlieder des Dichters Friedrich Rückert, vertont durch Gustav Mahler.

Emily Parker hatte ebenfalls eine kleine Würdigung des Verstorbenen vorbereitet, die sie nicht persönlich verlas. Zu viele Emotionen waren da im Spiel, und ein sentimentales Schauspiel wollte sie der Trauergemeinde keineswegs abgeben.

Hauptkommissarin Sonnendecker übernahm die Rolle der Sprecherin, und wieder einmal musste Friedrich Gontard erkennen, dass voreilige Etikettierungen von Menschen nicht angebracht waren.

Im Namen von Emily Parker dankte sie all denen, die dazu beigetragen hatten, dass das Unrecht, das vor vielen Jahren ein Kind ihrer Familie erleiden musste, nun schließlich ans Licht gebracht worden war. Sie dankte dem Mann, dem seine Suche nach Gerechtigkeit und Sühne vergangener Schuld zum Verhängnis wurde.

»Mögen wir uns versöhnlich die Hand geben«, schloss die Hauptkommissarin, »und vergangene Verbrechen nicht als Cold

Cases abtun oder als Bagatellen der Geschichte unter den Teppich kehren.«

Diese letzten Worte, dachte Friedrich Gontard, scheinen mir nun doch eher die Worte der Bettina Sonnendecker als der Emily Parker zu sein.

Wie schön.

33. Kapitel | Zaubertricks

Nach der offiziellen Trauerfeier, die in der großen Schulaula des Bad Bergzaberner Gymnasiums abgehalten wurde, traf man sich im kleinsten Kreis im Restaurant »Keysermühle« in Klingenmünster.

Gabriel Sutter hatte sozusagen selbst keine Familie gehabt. Er war ein einsamer Wolf gewesen.

Außer Susanne Lessing geborene Sutter und Emily Parker gab es lediglich eine ältere unverheiratete Kusine, Vera Sievers aus Bremerhaven.

Diese drei Frauen repräsentierten das, was man »restliche Familie« nennen konnte.

Tante Vera war früher Kindergärtnerin gewesen. Sie beschäftigte sich rührend mit Lotta und Fredi, und sogar ein paar Zaubertricks hatte sie zu bieten, womit sie die Herzen der Gontardschen Enkelkinder mit einem Schlag für sich gewinnen konnte.

Anna Gontard schubste ihren Mann von der Seite.

»Guck dir mal das an. Zaubertricks bei einer Trauergesellschaft. Unsere fröhlichen Enkel …«

»Leben und Tod und Freude und Trauer sind halt mal eng beisammen«, meinte Friedrich Gontard.

»Ist doch gut so, oder? So wünsche ich es mir auch mal bei meiner Beerdigung.«

»Und ich auf meiner«, flüsterte Anna in sein Ohr, und sie drückte ihrem Mann still die Hand.

Bis dahin dürfen wir hoffentlich noch ein bisschen zusammenbleiben, dachten beide.

»Oma, Opa, soll ich euch mal meinen Zaubertrick zeigen?«, rief Fredi.

»Oder wollt ihr meinen Zaubertrick sehen, der ist noch viel schöner«, sagte Lotta mit piepsender Stimme.

Und das Leben ging weiter.

34. Kapitel | Koffer gepackt und überlebt

Am übernächsten Tag trat Emily Parker die Heimreise an.

Susanne und Thomas Lessing brachten sie vorher ins Haus der Gontards in der Höhenstraße, wo sie sich verabschieden konnte.

»Hätten Sie eigentlich den Verräter von Leni kennenlernen wollen?«, fragte Anna, die immer direkt war.

Emily Parker antwortete ohne Zögern mit einem bestimmten »Nein«.

»›Die Banalität des Bösen‹ wie Hannah Arendt es nannte, wäre zu … ernüchternd gewesen, oder?«, mutmaßte Friedrich Gontard.

»Ja, vielleicht, aber da war noch etwas ganz Anderes. Ich hätte mir nie verzeihen können, bei der Begegnung die Nerven zu verlieren. Aus der Rolle zu fallen, zu sentimental, wohl auch zu zornig zu werden.«

O ja, dachte Anna Gontard, hier blitzt die kühle Engländerin hervor, die gerne die sprichwörtliche »stiff upper lip« bewahrt und sich keine Blöße geben will.

»Und ich glaube, da ist noch etwas: Er hätte mir leidgetan, der erbärmliche Mensch.«

Das Telefon klingelte. Anna eilte in den Flur und kam nach einer Weile zurück. Sie sagte fast tonlos:

»Es gibt so etwas wie Ironie des Schicksals, oder? Das war eben Bettina Sonnendecker. Der alte Eckert ist heute Nacht gestorben.«

Und nun sagte Emily Parker etwas sehr Seltsames:

»Es gibt keine Sühne, noch nicht einmal hundertprozentige Gerechtigkeit. Aber vielleicht genügt es, zu vergeben. Ohne jemals zu vergessen.«

Und flankiert von den Gontards und Susanne und Thomas Lessing ging sie langsam die Treppe zum Garten hinab, wo Sommerflieder, Malvenbüsche und Stockrosen in prachtvoller Blüte wetteiferten und schaukelnde Schmetterlinge, Hummeln und Bienen anlockten. Gegenüber vom Haus der Gontards erstreckte sich die sanfte Hügellandschaft des vorderen Odenwalds mit üppigem Mischwald und trotz des heißen Sommers immer noch grünen Wiesen.

»Deutschland ist so schön«, rief Emily Parker aus.

»Meine Mutter hat ab und zu von ihrer Sehnsucht nach ihrem Heimatland gesprochen, das für sie Deutschland war. Aber da war immer ein ›bitterer Tropfen‹ mit dabei, kann man so sagen im Deutschen?«

»Ja, wir sagen dazu Wermutstropfen. Und ja: Heimat ist da, wo man Kind war«, sagte Anna Gontard. »Sie müssen wiederkommen, denn zur Hälfte sind Sie ja immerhin eine Deutsche.«

»Ja, ich komme wieder«, entgegnete Emily Parker.

Sie sollte Wort halten.

Nach einigen Wochen kam ein Brief bei Anna und Friedrich Gontard an. Er war von Emily Parker aus Leeds.

Sie schrieb von einem überraschenden Fund. Ganz versteckt in einem Kämmerchen hatte sie einen kleinen braunen Lederkoffer mit den Initialen E. G. entdeckt.

Zu ihrem Erstaunen fand sie darin ein paar Reichsmark, Visitenkärtchen und Postkarten und einen Touristenführer aus Heidelberg, ein Parfümflakon, einen kleinen goldenen Handspiegel, Taschentücher mit Monogramm und Stickzeug und andere Kleinigkeiten.

Emily Parker schrieb: »Das war der Koffer meiner Mutter, Elsa Grünewald, den sie mitnehmen durfte im Sommer 1939. Der Koffer eines jungen Mädchens der damaligen Zeit. Schade, dass niemand davon erfährt.«

»Du, Friedrich, ich hab eine Idee!«, rief Anna Gontard aus, nachdem sie den Brief gelesen hatte.

»Es gibt doch diese Zeitzeugenvorträge in Schulen über die NS-

Zeit. Wie wäre es, wenn Emily Parker in ein solches Schul-Programm für den Geschichtsunterricht eingebunden würde? In Lillis Schule, dem Max-Slevogt-Gymnasium in Landau und dem Gymnasium in Bad Bergzabern, wo Gabriel Sutter Lehrer war und Karolin Schwinn noch Schülerin ist, wäre man bestimmt interessiert an einem solchen Zeitzeugenvortrag.«

»Aber Emily Parker ist keine Zeitzeugin«, gab Friedrich Gontard zu bedenken. »Die Zeitzeugen sterben allmählich aus, sie sind fossile Wesen wie ich auch.«

»Unsinn, du bist kein fossiles Wesen, noch lange nicht. Und denk mal nach: Emily Parker ist die Tochter einer Zeitzeugin der Kindertransporte, und außerdem sind Verwandte von ihr im Holocaust umgekommen: ihre Großeltern Gertrud und Heinrich Grünewald, ihre Tante Leni und ihre entfernteren Verwandten Gustav und Alfred Levy.«

Anna hatte recht. Und sie setzte durch, dass Emily Parker eingebunden wurde in ein Schulprogramm des Rheinland-Pfälzischen Kultusministeriums und der Stadt Ludwigshafen.

Das Projekt trug den Namen »Koffer gepackt und überlebt«, und Emily Parker konnte im Folgenden vor Schulklassen oft ihre Worte wiederholen:

»Man soll vergeben, aber niemals vergessen.«

— ENDE —

Bibliographie

Folgende Bücher, Magazine, CDs und DVDs waren mir hilfreich:
Alois Prinz:
Hannah Arendt oder die Liebe zur Welt
Insel Verlag Berlin 2012
Angelika Grunenberg:
Die Welt war so heil. Die Familie der Else Ury
Ullstein Verlag Berlin 2006
Ruth L. David:
Child of our Time
Tauris 2003
Friedrich Rückert: ***Kindertodtenlieder***
Hofenberg Sonderausgabe 2017
Else Ury:
Nesthäkchen im Kinderheim
Nesthäkchens Backfischzeit und
Nesthäkchen fliegt aus dem Nest
Hoch-Verlag Düsseldorf Neuauflage 1953
Erich Laux:
Die Geschichte der Juden von Klingenmünster
Llux Verlag e.K. 2019
Schlossgarten Schwetzingen
Deutscher Kunstverlag Berlin München 2009
Albrecht Lohrbächer:
Leben für Versöhnung. Hermann Maas.
Edition Zeitzeugen Hans Thoma Verlag 1997

Koffer gepackt und überlebt. Die Geschichte der Ursula Michel/
The Little Suitcase. The Story of Ursula Michel
Landeszentrale für politische Bildung Rheinland-Pfalz
Mahler: ***Kindertotenlieder/Rückertlieder***
Thomas Hampson/Wiener Philharmoniker/Leonhard Bernstein
Deutsche Grammophon 1990

Vimeo (Deutsch): https://vimeo.com/101716228
Vimeo (Englisch): https://vimeo.com/101715577

Danksagung

Hiermit möchte ich **Judith Rhodes** aus Leeds/England ganz herzlich dafür danken, dass sie mir erlaubt hat, Motive und Elemente aus dem Leben ihrer Mutter **Ursula Rhodes geb. Michel** und dem Schicksal ihrer Familie zu übernehmen.
Ferner danke ich **Inge Hummel** und **Emilie Degitz** (†) für ihre Zeitzeugen-Infos zu den Gebrüdern Levy/Klingenmünster.

Alle Personennamen außer die Namen von **Gustav und Alfred Levy** sind geändert bzw. frei erfunden.

Die Autorin

Lilo Beil wurde im südpfälzischen Klingenmünster geboren. Die Pfarrerstochter verbrachte Kindheit und Jugend in Dielkirchen bei Rockenhausen und in Winden bei Landau. Ab 1966 studierte sie in Heidelberg Romanistik und Anglistik. Sie unterrichtete von 1972 bis Januar 2008 an der Martin-Luther-Schule in Rimbach bei Heppenheim an der Bergstraße. Die Autorin hat drei Töchter und vier Enkelkinder. Sie lebt mit ihrem Mann im vorderen Odenwald.

Seit frühester Jugend interessierte sich Lilo Beil für Literatur und Kunst. Ihr liegt, sagt sie, das Satirische, aber es finden sich in ihren Geschichten genauso romantische und nostalgische Elemente, Spannungsmomente und die kritische Auseinandersetzung mit Geschichte und Gesellschaft. Gelobt wird außerdem immer wieder die klare, sorgfältige Sprache.

1997 erschien »Maikäfersommer – Eine Pfälzer Kindheit in den 50er Jahren« im Verlag Pfälzer Kunst/Dr. Blinn. Weitere Erfolge wie die Aufnahme ihrer Kurzgeschichte »Der Nussknacker« in eine Anthologie des Rowohlt-Verlages ermutigten Lilo Beil. 1999 veröffentlichte sie unter dem Titel »Sonnenblumenreise« Geschichten für Reisende und Nichtreisende; 2002 folgte der Krimiband »Heute kein Spaziergang. 43 Krimigeschichten«. 2005 erschien ihre Geschichtensammlung »Schattenzeit«. 2006 folgte eine zweite

Ausgabe »Maikäfersommer und andere Geschichten aus Pfalz und Kurpfalz« in der Edition Tintenfaß. 2010 erschien die erweiterte Taschenbuchausgabe »Maikäfersommer – Kindheitsgeschichten« im Conte Verlag. Kommissar Gontard ermittelte erstmals 2007 in »Gottes Mühlen«, 2008 und 2009 folgten »Das Licht unterm Scheffel« und »Die schlafenden Hunde«, 2011 »Die Nacht der grauen Katzen«, 2012 »Die Mauern des Schweigens«, 2014 »Das gläserne Glück«, 2015 »Die Reise des Engels«, 2017 »Ein feste Burg« und 2021 »Letzte Rosen«. 2010 erschien der erste Krimi um Charlotte Rapp »Die Kinder im Brunnen«, 2013 »Mord auf vier Pfoten – 22 tierische Krimigeschichten«, 2016 »Vielleicht auch träumen« (Charlotte Rapp II) und 2018 der Krimi »In kindlicher Liebe« (Charlotte Rapp III). Im Übrigen beteiligt sich Lilo Beil an zahlreichen Anthologien mit Kurzprosa – Krimis und Nicht-Krimis gleichermaßen. So ist sie in mittlerweile zwanzig Anthologien des Wellhöfer Verlages vertreten.

Lilo Beils Krimis im Conte Verlag

Lilo Beil
Gottes Mühlen
Kommissar Gontards erster Fall

184 Seiten
ISBN 978-3-936950-49-6
9,90 €

Kein schonungsloser Nervenkitzel, sondern intelligente Spannung, die zum Nachdenken anregt, weit über Ort und Zeit hinweg.
Bonner General-Anzeiger

Lilo Beil
Das Licht unterm Scheffel
Kommissar Gontards zweiter Fall

178 Seiten
ISBN 978-3-936950-72-4
9,90 €

Intelligenter Krimi mit außergewöhnlicher Handlung.
Odenwälder Zeitung

Lilo Beils Krimis im Conte Verlag

Lilo Beil

Die Mauern des Schweigens

Kommissar Gontards fünfter Fall

210 Seiten
ISBN 978-3-941657-60-1
11,90 €

Trotz des hohen Unterhaltungswerts steht die Botschaft des Buches deutlich im Raum. Geschieht Unrecht, gilt es, ›Die Mauern des Schweigens‹ zu durchbrechen. Die Rheinpfalz

Lilo Beil

Die Kinder im Brunnen

204 Seiten
ISBN 978-3-941657-10-6
11,90 €

Dieser packende und bis zum Schluss spannende Krimi geht unter die Haut.
Marburger Neue Zeitung

Lilo Beils Krimis im Conte Verlag

Lilo Beil
Letzte Rosen

176 Seiten
ISBN 978-3-95602-234-0
12,00 €

Lilo Beil
Mord auf vier Pfoten

218 Seiten
ISBN 978-3-941657-88-5
11,90 €

Zweiundzwanzig tierisch-köstliche Fälle serviert die Autorin dem Leser auf dem Silbertablett.[...] Ein Lesespaß für alle Zweibeiner, die ihre Vierbeiner bisher immer unterschätzt haben. Ideal zum Selberlesen und Verschenken. auserlesen.de